जंगल की कहानियाँ

नीलकंठ कुंदन

ग्रंथ अकादमी, नई दिल्ली

प्रकाशक : ग्रंथ अकादमी,
भवन संख्या–19, पहली मंजिल, 2, अंसारी रोड, दरियागंज, नई दिल्ली–110002
 / संस्करण : 2024 / मूल्य : चार सौ रुपए
मुद्रक : नरुला प्रिंटर्स, दिल्ली
ISBN 978-93-83110-12-4

JUNGLE KI KAHANIYAN
by Neelkanth Kundan
₹ 400.00
Published by **Granth Akademi,** Building No. 19, First Floor
2, Ansari Road, Daryaganj, New Delhi-110002

अपनी बात

जंगल और जंगल के अनोखे जीव-जंतु कहानियों में आज भी बाल पाठकों की पहली पसंद होते हैं। शायद यही कारण रहा है कि 'पंचतंत्र' एवं 'जातक कथाएँ' जैसे ग्रंथ आज भी लोकप्रिय हैं। प्रस्तुत पुस्तक में बाल पाठकों की इसी रुचि को ध्यान में रखकर 'जंगल' और जंगल में रहने वाले अनेक अद्‌भुत एवं विचित्र जीवों की कहानियों को संग्रहीत किया गया है। ये कहानियाँ मनोरंजक और रोचकता के साथ-साथ बच्चों को नैतिक ज्ञान, संस्कार, धर्म, प्रेम और त्याग का पाठ भी पढ़ाएँगी।

प्रस्तुत पुस्तक को रोचक एवं सरल बनाने हेतु सरल भाषा एवं सुंदर चित्रों का प्रयोग किया गया है। अतः कहना अनुचित नहीं होगा कि पुस्तक प्रत्येक आयु वर्ग के लिए उपयोगी होगी।

—प्रकाशक

था कि [illegible] भी उसके साथ दौड़ने लगा। [illegible]

[illegible]

[illegible]

[illegible]

[illegible]

[illegible]

[illegible] हाँडी, [illegible] कहना था कि [illegible] हाँडी

[illegible]

[illegible]

[illegible]

[illegible]

[illegible] ही चलता रहा। [illegible] लकड़ियाँ बीनने के लिए

जंगल में गयी [illegible] थी। अतः वह मर गई।

इधर जब [illegible] हाँडी से कहा, "[illegible] हाँडी

[illegible]

[illegible] बुढ़िया ने खूब खाया और अपने

[illegible] कहना भूल गई कि कालो हाँडी, अब

[illegible]

[illegible] हाँडी [illegible] उगलती रही। [illegible] कि

बुढ़िया [illegible]

अनुक्रमणिका

छोटा राजपुत्र

एक राजा के सात पुत्र थे, लेकिन वह अपने सबसे छोटे पुत्र को बहुत प्यार करता था। इसीलिए अन्य छहों राजपुत्र अपने सबसे छोटे भाई से ईर्ष्या किया करते थे।

एक दिन उन सबने मिलकर अपने छोटे भाई की हत्या करने की योजना बनाई। योजनानुसार वे सब जंगल में शिकार खेलने गए और छोटे भाई को भी साथ ले लिया। जब वापस लौटने लगे तो उसे जंगल में ही छोड़ दिया और स्वयं महल में लौट आए।

राजा ने पूछा तो सब बोले, "पिताजी, छोटे को तो बाघ खा गया बेहद प्रयास करने पर भी हम उसे बचा न सके।"

उधर छोटा राजपुत्र जंगल-जंगल भटकता हुआ ऐसे वन में पहुँच गया, जहाँ सुरमई गाय रहती थी। वह उसकी खूब सेवा करता और दूध पीकर मस्त रहता।

एक बार कोई व्यक्ति उपले बटोरने के लिए गाड़ी लेकर उधर आया। उसने गाड़ी में उपले इतने अधिक भर लिये कि गाड़ी हिल भी नहीं पाई। उसने जंगल में रह रहे उस राजपुत्र से मदद माँगी। राजपुत्र जैसे ही गाड़ी में बैठा, बैल दौड़ने लगे। कुछ देर में वे अपने गाँव पहुँच गए।

घर पहुँचकर वह व्यक्ति बोला कि तुम मेरी पुत्री से विवाह कर लो।

लेकिन राजपुत्र तैयार नहीं हुआ। अगले दिन वह उस व्यक्ति से नजर बचाकर वहाँ से भाग निकला और उसी जंगल में चला गया।

जंगल में पहुँचकर उसने देखा कि सुरमई गाय मर चुकी थी। उसकी हड्डियाँ इधर-उधर बिखरी पड़ी थीं। तब वह दूसरे जंगल में चला गया, जहाँ उसकी भेंट एक सिद्ध-पुरुष से हुई। उसने उसे अपना गुरु बनाया और उससे अमृत प्राप्त कर पुनः उसी जंगल में लौटा, जहाँ सुरमई गाय की हड्डियाँ बिखरी पड़ी थीं।

उसने हड्डियों को बटोरकर उन पर अमृत छिड़का तो गाय जीवित हो गई। वह फिर पहले की तरह सुखपूर्वक रहने लगा।

एक दिन वह अनार के वृक्ष पर बैठा अनार खा रहा था कि उसे अपनी माँ की याद आ गई। भाग्यवश उसी वृक्ष के नीचे किसी अन्य देश का राजा भी विश्राम करने के लिए लेट गया था। जैसे ही राजपुत्र के आँसू राजा पर गिरे, उसने ऊपर की ओर देखा। उस राजपुत्र को नीचे बुलाया और अपने साथ ले गया।

महल में ले जाकर राजा ने अपनी इकलौती पुत्री का विवाह उसके साथ कर दिया। अब वह छोटा राजपुत्र अपनी पत्नी के साथ आनंदपूर्वक रहने लगा।

झींगुर का प्रण

सर्दियों के दिन थे। एक आलसी झींगुर धूप में बैठा बड़े मजे से धूप का आनंद ले रहा था। अचानक उसे बहुत जोर से भूख लगी। झींगुर ने भूख मिटाने के लिए इधर-उधर नजर दौड़ाई तो कुछ ही दूरी पर उसे चींटियाँ दिखाई दीं, जो अपने भोजन को लेकर बिल की ओर जा रही थीं।

भूख से व्याकुल झींगुर उनके पास गया और बोला, "मुझे बड़े जोर की भूख लगी है। कृपा करके आप मुझे थोड़ा सा भोजन दे दें।"

चींटियों के लिए यह बात उनके स्वभाव के विरुद्ध थी कि वे अपने भोजन में से किसी को कुछ दें। इसलिए एक चींटी ने झींगुर से पूछा, "आप गरमियों में क्या करते रहे कि सर्दियों के लिए भोजन इकट्ठा न कर सके?" झींगुर तपाक से बोला, "मैं गरमियों में गीत ही गाता रहा, इसलिए भोजन न जुटा पाया। अब आप मुझे थोड़ा सा भोजन दें दें, अन्यथा मेरे प्राण-पखेरू उड़ जाएँगे।"

चींटियाँ समझ गईं कि यह झींगुर बेहद आलसी प्रवृत्ति का है, इसलिए वे उस पर व्यंग्य कसते हुए बोलीं, "झींगुर महाशय, जब आपने गरमियाँ गीत गाते-गाते बिता दीं तो अब सर्दियाँ नाचते-गाते बिताओ।"

यह सुनकर झींगुर का शर्म के मारे सिर झुक गया। उसने अपने मन में निश्चय किया कि अब मैं भी चींटियों की तरह सर्दियों के लिए अपना भोजन संचित करूँगा।

राजा की बुद्धि

एक बार जंगल में सभी वन्य प्राणियों ने अपना राजा चुनने के लिए एक सभा बुलाई। इस सभा में भालू इतनी मस्ती में नाचा कि सभी उसका नृत्य देखकर झूमने लगे। इसलिए उन सभी ने भालू का नाम राजा के पद के लिए प्रस्तुत किया। इस पर सभी ने सहमति जताई और भालू का राज्याभिषेक कर दिया।

लेकिन लोमड़ी यह सहन न कर सकी। वह मन-ही-मन भालू से ईर्ष्या करने लगी। वह हमेशा यही सोचती रहती कि कैसे भालू को अपमानित करे। एक दिन घूमते-घूमते लोमड़ी यही सोच-विचार कर रही थी कि उसे एक फंदा दिखाई दिया। उस पर छोटा सा मांस का टुकड़ा लगा हुआ था। चतुर लोमड़ी झट समझ गई कि यह फंदा किसी शिकारी ने शिकार फाँसने के लिए लगाया है।

वह फंदे को दूर से ही देख रही थी। तभी उसे भालू राजा को अपमानित करने का उपाय सूझ गया। लोमड़ी को पूरा विश्वास था कि भालू की मोटी बुद्धि में यह फंदे वाली बात नहीं आएगी। अतः वह भालू राजा को उसी स्थान पर ले आई।

भालू राजा को मांस का टुकड़ा दिखाते हुए बोली, "महाराज, मैं आपके जंगल की स्वामिभक्त प्रजा हूँ। इस मांस के टुकड़े को देखते ही

मैं आपके पास चली गई। मैंने इसे छुआ तक नहीं, इस पर सिर्फ आपका हक है।"

फिर जैसे ही भालू उस मांस के टुकड़े को फंदे से अलग करने लगा, फंदा उसके गले में फंस गया।

चतुर लोमड़ी भालू की यह दशा देख खिलाकर हँस पड़ी और बोली, "महाराज, राजा की पदवी के लिए सिर्फ नाचने की नहीं, अक्ल की भी जरूरत होती है।"

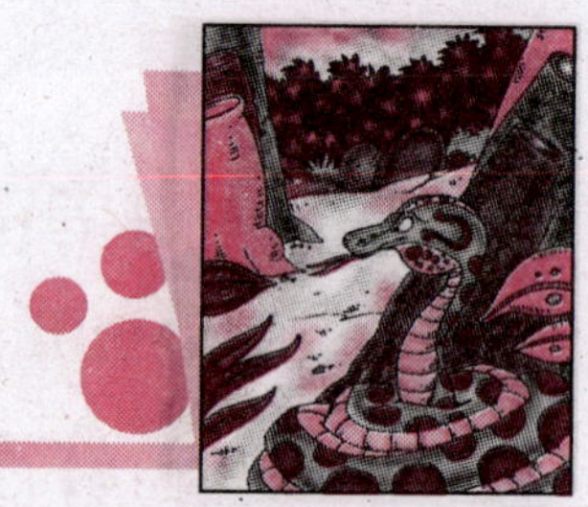

समय का सदुपयोग

एक लोमड़ी शिकार की तलाश में घने जंगल में इधर-उधर घूम रही थी। उसे एक जंगली सूअर नजर आया, जो अपने दाँतों को एक बड़े वृक्ष के तने पर रगड़कर पैना कर रहा था।

लोमड़ी ने चारों ओर नजर दौड़ाई, लेकिन उसे सूअर के लिए कोई खतरा न दिखाई पड़ा। वह सोचने लगी, 'यह अपने दाँतों को पैना क्यों कर रहा है?' वह स्वयं को रोक न पाई तथा अत्यंत उतावली होकर सूअर के पास जाकर पूछने लगी, "सूअर महाशय, आप अपने दाँत क्यों पैने कर रहे हो, जबकि आपके आस-पास तो कोई खतरा भी नजर नहीं आ रहा है?"

उसकी जिज्ञासा को शांत करते हुए सूअर बोला, "लोमड़ीजी, क्या आग लगने पर ही उसे बुझाने के उपाय सोचने चाहिए? आपको पता है कि इस जंगल में तरह-तरह के हिंसक जानवर रहते हैं। कौन जाने कब, किस समय, किससे पाला पड़ जाए और मुझे इन दाँतों का प्रयोग करना पड़े। इसलिए खाली समय में इन दाँतों को पैना न करूँ तो जरूरत पड़ने पर मुझे समय कहाँ मिल पाएगा।"

यह सुनकर लोमड़ी की समझ में आ गया कि व्यर्थ में समय नष्ट नहीं करना चाहिए।

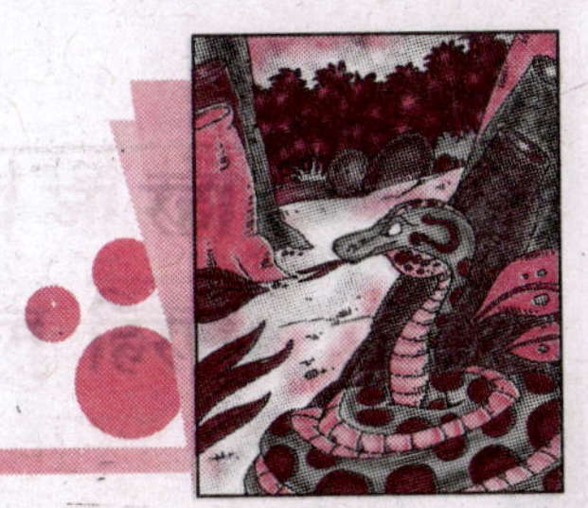

बालक के जवाब

एक खूँखार भेड़िए ने एक मेमने का शिकार किया। इसलिए वह प्रसन्न मुद्रा में घूमते-घूमते दबे पाँव उस लड़के के पास जा पहुँचा। लड़का उस खूँखार भेड़िये को देख भयभीत हो गया। उसने डर के मारे अपना मुँह दूसरी तरफ फेर लिया। धूर्त भेड़िया समझ गया कि लड़का उसे देखकर भयभीत हो गया है।

तभी भेड़िए ने बालक से कहा, "अब तुम मुझसे बचकर नहीं जा सकते। अगर तुम मुझे ऐसी तीन बातें बता दो, जिन्हें असत्य प्रमाणित नहीं किया जा सकता, तो मैं तुम्हें छोड़ दूँगा।"

खूँखार भेड़िए को देख बालक का डर के मारे बुरा हाल था। अतः उसने अपने आपको सँभाला और साहस के साथ बोला, "पहली बात तो यह है कि तुमने मुझे देख लिया, यह खेद की बात है। दूसरी, मैंने अकारण तुम्हारी नजर में आने की मूर्खता की। तीसरी और आखिरी बात यह है कि तुम्हारे क्रूर और खूँखार स्वभाव के कारण सभी मनुष्य तुमसे घृणा करते हैं।"

उसकी बातें सुनकर भेड़िया सोचने लगा, यह बालक बहुत ही विलक्षण बुद्धि है। जिसने मृत्यु को साक्षात् देखते हुए भी तीनों बातें सत्य कहीं, जिन्हें झुठलाया नहीं जा सकता।"

भेड़िया बोला, "बालक, तुमने मृत्यु को सामने देखते हुए भी अपनी विलक्षण बुद्धि का परिचय दिया है, इसलिए मैं तुम्हारे प्राण बख्शता हूँ।"

लालच बुरी बला

एक चरागाह में कुछ कुत्ते भेड़ों के झुंड की रखवाली कर रहे थे। उसी समय वहाँ दो-तीन भेड़िए आ धमके। उन्हें देखते ही कुत्ते भौंकने लगे। खूँखार भेड़िए आगे न बढ़ सके।

भेड़िए बड़े चालाक व मक्कार थे। अतः कुत्तों के पास जाकर बोले, "आप और हम एक ही परिवार से हैं। हमारा रंग-रूप भी एक जैसा ही है। फर्क इतना है कि हम मोटे-ताजे जानवरों को आहार बनाकर आजादी से जंगल में घूमते-विचरते हैं और आप सूखी रोटी के लालच में अपने स्वामी की गुलामी करते हैं। क्यों न हम अपनी शत्रुता को त्यागकर मित्र बन जाएँ।"

सभी कुत्तों ने एक-दूसरे की तरफ देखा और सहमति जताकर भेड़ियों की मित्रता स्वीकार कर ली।

उन्हें अपने जाल में फँसते देख भेड़ियों ने कहा, "आप सभी हमारे साथ जंगल में चलो। वहाँ आपको खूब मांसल जीवों का आहार मिलेगा।"

भेड़ों को असुरक्षित छोड़कर कुत्ते उनके साथ जंगल की ओर चल दिए। भेड़िए उन्हें माँद में ले गए।

जैसे ही कुत्ते माँद के भीतर गए, भेड़ियों ने उन्हें मार डाला। फिर वहाँ

से निकलकर भेड़िए चरागाह में जा पहुँचे, जहाँ भेड़ें चर रही थीं। खूँखार भेड़ियों ने उन्हें भी अपना शिकार बना डाला। इसलिए कहा गया है कि लालच बुरी बला है।

बात पर विश्वास

गरमी के दिन थे, चिलचिलाती धूप पड़ रही थी। एक खरगोश बेल के पेड़ के नीचे बैठा आराम कर रहा था। तभी उसके दिमाग में यह खुराफाती विचार कौंधा कि यदि धरती फट जाए तो क्या होगा? विचार का कौंधना था कि वृक्ष से एक फल टूटा और 'भड्ड' की आवाज करता हुआ धरती पर आ गिरा। फल के गिरते ही खरगोश उछलकर बैठ गया और अनुमान लगाने लगा कि हो-न-हो यह धरती फटने से पूर्व का लक्षण है। भलाई इसी में है कि जान बचाकर यहाँ से भाग चलो। फिर वह तेजी से दौड़ने लगा।

उसे दौड़ते देख एक अन्य खरगोश ने पूछा, "मित्र, क्या हुआ? क्यों भागे जा रहे हो?"

वह दूसरे खरगोश को डपटते हुए बोला, "अरे, जान प्यारी है तो भाग चलो। पूछकर समय बरबाद न करो, धरती फटने वाली है।"

दूसरा खरगोश भी उसके पीछे-पीछे दौड़ने लगा। उन दोनों को दौड़ते देख एक अन्य खरगोश भी उनके पीछे दौड़ने लगा।

खरगोशों को दौड़ते देख एक हिरन सोचने लगा, 'अरे, ये सब कहाँ दौड़े जा रहे हैं। कौन सी मुसीबत आ पड़ी है इन पर।' फिर उसने एक खरगोश से पूछा तो उसने बताया कि धरती फटने वाली है। इतना सुनना

था कि वह हिरन भी उनके साथ दौड़ने लगा। कुछ आगे चलने पर अन्य हिरन भी साथ हो लिये।

खरगोशों और हिरनों को दौड़ते देख चीतों को बड़ा आश्चर्य हुआ। जब उसे कारण का पता चला तो वह भी उनके साथ दौड़ने लगा। कुछ देर बाद इसी तरह हाथी भी उनके साथ दौड़ने लगा। देखते-ही-देखते जंगल के सारे जीव-जंतु अपने-अपने ठिकानों को छोड़कर बेतहाशा भागने लगे।

सभी प्राणी दौड़े चले जा रहे थे, तभी आगे मार्ग में उन्हें वनराज सिंह मिला। सिंह ने उन्हें दौड़ते देखा तो क्रोधित होकर पूछा, "अरे, तुम सब लोग कहाँ भागे जा रहे हो? क्या हुआ है तुम सबको?"

तब चीते ने सहमते हुए बताया, "महाराज, धरती फटने वाली है। हमें यहाँ से तुरंत चल देना चाहिए।"

"तुम्हें किसने कहा कि धरती फटने वाली है?" सिंह ने गरजकर पूछा।

चीता बोला, "महाराज, मुझे तो हाथी ने बताया।"

"वनराज, मुझे तो हिरन ने बताया था कि धरती फटने वाली है। तभी मैं...!" हाथी ने स्पष्टीकरण दिया।

"मुझे भी तो खरगोश ने ही बताया था। वरना मुझे क्या पता था कि धरती फटने वाली है।" हिरन ने कहा।

अंत में उस खरगोश से पूछने की बारी आई। वनराज ने उससे पूछा,

"हाँ, तो बताओ, तुमने कैसे अनुमान लगा लिया कि धरती फटने वाली है?"

"ऐसा होते मैंने खुद देखा है, महाबली।" खरगोश बोला।

"क्या देखा?" सिंह ने पूछा।

"मैं बेल के पेड़ के नीचे आराम कर रहा था। तभी धरती के फटने की आवाज आई। उस आवाज को सुनकर मैं भयभीत हो गया और जान बचाने के लिए वहाँ से भाग छूटा।" खरगोश ने सारी बात सिंह को बता दी।

सिंह सोचने लगा कि अवश्य ही यह खरगोश गलतफहमी का शिकार हुआ है। मुझे इसके साथ जाकर वस्तुस्थिति का पता लगाना चाहिए। फिर सिंह ने खरगोश को साथ लिया और जंगल के सभी प्राणियों को धैर्य बँधाते हुए बोला, "सुनो, जब तक मैं लौट न आऊँ, तब तक तुम सब यहीं रहना।"

"ठीक है महाराज।" सब प्राणी एक साथ बोले।

सिंह खरगोश को लेकर बेल के पेड़ के नीचे पहुँचा और पूछा, "बताओ, कहाँ सुनी थी तुमने धरती फटने की आवाज?"

"वो वहाँ।" खरगोश ने पेड़ के तने की ओर संकेत करके बताया।

सिंह वहाँ पहुँचा तो देखा कि एक बेल वहाँ पड़ा था। उसने उसे ग़ौर से देखा, फिर कुछ सोचने लगा, 'अच्छा, तो यह फल ही है इस भागमभाग का कारण। यह सूखे पत्तों पर गिरा तो खरगोश ने सोचा होगा

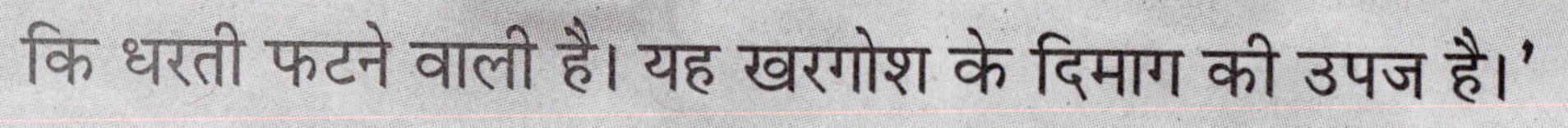

कि धरती फटने वाली है। यह खरगोश के दिमाग की उपज है।'

कुछ देर बाद सिंह खरगोश को साथ लेकर वहाँ पहुँचा, जहाँ जंगल के सभी प्राणी उसकी प्रतीक्षा कर रहे थे। सिंह बोला, "दोस्तो, तुमने वस्तुस्थिति का पता न लगाकर खरगोश ने जैसा कहा, उसी को सत्य मान लिया। दरअसल, वह एक फल था जो पेड़ से टूटकर सूखे पत्तों पर गिरा था। उसकी आवाज से भयभीत खरगोश ने धरती फटने की कल्पना कर ली। भविष्य में सुनी-सुनाई बातों पर विश्वास मत करना, वरना किसी बड़ी मुसीबत में फँस जाओगे।"

चोर की चतुराई

किसी गाँव में हरिराम नामक एक व्यक्ति रहता था। उसके पास पाँच-सात गौएँ थीं, जो हृष्ट-पुष्ट व अधिक दूध देनेवाली थीं। हरिराम का नियम था कि सोने से पहले प्रार्थना किया करता, "हे लंबे हाथों वाले, रक्षा करना।"

एक दिन एक चोर मोटी-तगड़ी गाय चुराने के उद्देश्य से उसकी झोंपड़ी के पास आकर छुप गया। संयोगवश एक शेर भी उस चोर से कुछ दूरी पर गाय का शिकार करने के उद्देश्य से खड़ा था। उस रात वर्षा भी खूब हुई थी, इस कारण अँधेरा घना था।

शेर ने जब हरिराम की प्रार्थना सुनी तो सोचने लगा कि लंबे हाथोंवाला भला कौन हो सकता है। दूसरी ओर चोर हाथ लगाकर मोटी-तगड़ी गाय को ढूँढ़ने लगा तो उसका हाथ शेर की पूँछ पर पड़ गया। उसने सोचा, यही गाय सबसे बढ़िया है। वह उसकी पूँछ पकड़कर उमेठने लगा।

दूसरी ओर शेर ने सोचा, शायद यही है वह लंबे हाथोंवाला। इसलिए वह भयभीत हो गया और चुपचाप खड़ा रहा।

अब चोर ने उसे गाय समझकर घर ले जाने के लिए उसकी पूँछ को निर्दयता से उमेठा तो शेर दौड़ने लगा। शेर के पीछे-पीछे चोर भी उसकी

पूँछ को पकड़कर दौड़ने लगा।

जब घना जंगल आ गया तो शेर ने जोर लगाकर अपनी पूँछ को छुड़ाना चाहा। लेकिन खींच-तान में उसकी आधी पूँछ चोर के हाथ में ही रह गई।

पूँछ-कटा शेर जब अपने ठिकाने पर पहुँचा तो अन्य शेरों को अपनी व्यथा बताई। तब अन्य शेर उसके साथ लंबे हाथ वाले को ढूँढ़ने निकले।

इधर चोर शेर की आधी पूँछ हाथ में लेकर एक पेड़ पर चढ़ा बैठा था। ढूँढ़ते-ढूँढ़ते शेर जब उस पेड़ के पास आए तो उनकी नजर उस चोर पर पड़ी।

वह निर्भय बैठा था। उसके हाथ में शेर की पूँछ भी थी। शेरों ने उसे ललकारा, लेकिन वह नीचे नहीं उतरा।

फिर पूँछ-कटा शेर सबसे नीचे खड़ा हो गया तथा एक के ऊपर एक सभी शेर चढ़ गए और चोर को पकड़ने लगे।

लेकिन तभी चोर पूँछ-कटे शेर से बोला, "अरे, पूँछकटे, लंबे हाथोंवाले ने अभी तो तेरी पूँछ ही काटी है। अब देख, वह तेरे कान काटने दौड़ा चला आ रहा है।"

इतना सुनना था कि वह शेर वहाँ से भाग छूटा।

उसके भागने के साथ ही सब के सब शेर भी धड़ाधड़ नीचे गिर पड़े। इस तरह वह चोर अपनी चतुराई से जान बचाकर घर लौट आया।

बकरों की सभा

कसाइयों के जुल्म से पीड़ित युवा बकरों ने एक सभा बुलाई। सभा में कुछ बूढ़े बकरों ने भी भाग लिया। सभा को संबोधित करते हुए युवा बकरों के नेता ने कहा, "भाइयो, हमें कसाइयों के अत्याचारों के विरुद्ध जंग छेड़नी होगी, वरना तो ये हमें काटते ही रहेंगे और हम कटते ही रहेंगे। मेरा तो ऐसा विचार है कि हमें अपने पैने सींगों से कसाइयों के पेट फाड़ डालने चाहिए, क्योंकि ये अपने पेट के लिए ही तो हमें काटते हैं। इस तरह न रहेगा बांस और न बजेगी बाँसुरी।"

युवा बकरे की बात सुनकर एक बूढ़ा बकरा, जो सबसे पीछे बैठा था, मंच पर आया और बोला, "अरे भाई! इन कसाइयों को मार डालने से क्या कसाई हमें मारना छोड़ देंगे? और भी तो कसाई पैदा हो जाएँगे, तब क्या होगा? लोग तब भी मांस खाया करेंगे। मेरी मानो तो खुदा से दुआ करो कि मनुष्य मांस खाना ही बंद कर दे।" इतना कहकर बूढ़ा बकरा अपनी जगह पर जाकर बैठ गया।

बूढ़े बकरे की बात पर सभी ने गौर किया और मुँह ऊपर की ओर करके खुदा से दुआ करने लगे। लेकिन तभी कुछ कसाई वहाँ आ पहुँचे और सभी बकरों को रस्से से बाँधकर बूचड़खाने ले गए।

अपने पर संकट आया देखकर एक बकरा मिमियाते हुए बोला,

"स्वभाव भी तो कुछ होता है, इसे बदलना हम लोगों के वश में कहाँ है? अच्छा यही होगा कि हम लोग जंग का विचार ही त्याग दें। इसी में भलाई है।"

शेर और जंगली सूअर

शेर जंगल का राजा कहलाता है और उससे प्रायः सभी जंगली जानवर डरते हैं। लेकिन जंगली सूअर ऐसा उद्दंड प्राणी है। जो शेर की भी परवाह नहीं करता। मौका पड़ने पर वह शेर से भी मुकाबला करने को तैयार हो जाता है। एक बार ऐसा ही हुआ, शेर नदी पर पानी पीने आया तो दूसरी ओर से जंगली सूअर भी पानी पीने आ गया।

शेर बोला, "मैं इस जंगल का राजा हूँ। पहले पानी मैं पीऊँगा।"

जंगली सूअर बोला, "जा-जा, कई देखे हैं तेरे जैसे राजा। पहले पानी मैं पीऊँगा।" इस प्रकार दोनों में 'तू-तू, मैं-मैं' होते-होते हाथापाई शुरू हो गई। हाथापाई भी इतनी जबरदस्त हुई कि दोनों ही लहूलुहान हो गए।

लड़ते-लड़ते शेर की दृष्टि एकाएक एक पेड़ पर गई। उस पेड़ पर गिद्धों का एक झुंड बैठा था। गिद्धों ने सोचा कि इन दोनों में से यदि कोई एक मर जाए तो हम उसका मांस बड़े चाव से खाएँ।

इधर शेर ने सोचा कि मैं जंगल का राजा हूँ। क्यों इस सूअर से अपनी इज्जत का फजीता करवाऊँ। यही सोचकर उसने लड़ना-झगड़ना बंद कर सूअर से कहा, "क्यों भाई, क्या ऐसा नहीं हो सकता कि हम दोनों दोस्ती कर लें। जरा मुँह उठाकर ऊपर देखो-गिद्धों का यह समूह हममें से किसी एक के मरने का इंतजार कर रहा है।"

बात सूअर की समझ में आ गई। वह बोला, "मुझे क्या आपत्ति है। झगड़ा तो तुम ही कर रहे हो। लेकिन अब भी कहे देता हूँ, पानी पहले मैं ही पीऊँगा।'

शेर ने सोचा कि गँवार उद्दंडता पर उतर आए तो क्या किया जाए। उसने सूअर की बात मान ली। इस तरह सूअर पानी पी चुका तब शेर ने पानी पिया और दोनों अपनी-अपनी राह चल दिए।

उधर पेड़ पर बैठे गिद्ध अपना मनोरथ पूर्ण न होता देख एक-एक करके उड़ गए।

गधा और मेढक

पुराने जमाने की बात है, किसी गाँव में एक गधा रहता था। उसका मालिक उस पर बहुत अधिक बोझ लादता था और आस-पास के बाजारों में ले जाकर बेचता था।

एक बार गधा अपनी पीठ पर लकड़ियों का एक भारी गट्ठर लादकर बाजार की ओर जा रहा था, जब वह दलदल पार कर रहा था तो अचानक मेढकों के एक झुंड के बीच में गिर पड़ा। वहाँ पड़ा-पड़ा वह इस प्रकार हाँफता और कराहता रहा, जैसे शीघ्र ही मरनेवाला हो। मालिक उसे दलदल से निकालने के लिए मदद हेतु कुछ लोगों की तलाश में चला गया।

तभी एक मेढक बोला, "हेलो मेरे प्यारे गधे, हम बड़ी देर से तुम्हारा नाटक देख रहे हैं। तुम इस दलदल में गिरकर इतने परेशान दिखाई दे रहे हो, जरा यह तो सोचो कि अगर तुम्हें इस दलदल में रहना पड़ता, जैसे हम इतने वर्षों से रहते आ रहे हैं तो तुम क्या करते? क्या हाल होता तुम्हारा?"

कौए की मूर्खता

एक बार एक भूखा-प्यासा कौआ कहीं से उड़ता हुआ आया और एक घर की मुँड़ेर पर विश्राम करने के लिए बैठ गया।

प्यासा होने की वजह से उसे पानी की तलाश थी। पानी की तलाश में वह इधर-उधर देख ही रहा था कि उसकी नजर कबूतरों के दड़बे पर पड़ी, जिसमें बहुत से कबूतर बैठे थे। उन कबूतरों का रंग भूरा था। वे देखने में बहुत सुंदर और शारीरिक रूप से स्वस्थ भी थे।

'मैं काला और भद्दा हूँ, ये कबूतर सुंदर और आकर्षक हैं। काश! मैं भी कबूतर होता।' ऐसा सोचकर उस कौए ने एक योजना बनाई।

वह वहाँ से उड़कर किसी दूसरे स्थान पर चला गया। वहाँ उसने अपने पंख भूरे रंग में रँगे और वापस आकर कबूतरों के साथ रहने लगा। परंतु उसने यह भी निश्चय कर लिया था कि जब तक वह कबूतरों के बीच रहेगा, तब तक किसी से कोई बात नहीं करेगा।

वह अपनी इस योजना में सफल रहा। बहुत दिनों तक उसकी असलियत का किसी को भी पता नहीं चला। परंतु एक दिन, बाहर के कुछ कौए मुँड़ेर पर बैठ 'काँव-काँव' करने लगे। बेचारा कबूतर बना कौआ भी अपनी पैदाइशी आदत से मजबूर होकर 'काँव-काँव' का राग अलापने लगा।

सभी कबूतर ऐसी कठोर और तेज आवाज सुनकर चौंक गए। वे समझ गए कि कबूतर बना पक्षी कबूतर नहीं कौआ है। बस फिर क्या था, उन्होंने उस बहुरूपिए कौए को चोंचें मार-मारकर अपने दड़बे से बाहर निकाल दिया।

अब इस बहुरूपिए कौए के लिए अपने परिजनों के पास जाने के अतिरिक्त कोई और उपाय नहीं था। मगर जब वह अपने पुराने मित्रों के झुंड में पहुँचा तो उसके बदले हुए हुलिए को देखकर उसे वहाँ से भी खदेड़ दिया गया।

अब उसका यह हाल हो गया कि न ही वह कबूतर बन सका और न ही कौआ रह गया।

नकल का दंड

एक बार जंगल में पेड़ पर एक कौआ बैठा था। सामने ही हरी-भरी चरागाह में कुछ भेड़ें और मेमने चर रहे थे। तभी उड़ता हुआ एक उकाब वहाँ आया। थोड़ी देर तक वह पंख फैलाए आकाश में मँडराता रहा। फिर नीचे की ओर आकर मेमनों के झुंड पर झपट्टा मारा और एक मोटे-ताजे मेमने को उठाकर ले गया।

कौआ यह देखकर आश्चर्यचकित रह गया। वह उकाब को उस समय तक देखता रहा, जब तक वह नजरों से ओझल नहीं हो गया। उसके लिए उकाब का करतब बहुत ही विस्मयकारी था। वह उसके बारे में सोच-सोचकर इतना उत्तेजित हो गया कि उसने स्वयं भी उकाब के समान ही शिकार करने का निश्चय कर लिया।

उसने मन-ही-मन सोचा कि जब उकाब ऐसा कर सकता है तो मैं क्यों नहीं कर सकता। यह सोचकर वह हरी-भरी चरागाह की ओर उड़ चला।

कुछ ही देर में वह चरागाह में चर रही भेड़ों के सिर पर उड़ने लगा और फिर किसी उकाब के समान ही वह एक बड़ी सी भेड़ पर झपटा। वह यह भूल गया कि उसके पंजे उतने शक्तिशाली नहीं थे, जितने उकाब के होते हैं। नतीजा यह हुआ कि उसके पंजे भेड़ के बालों में फँस

गए। उसने अपने पंजों को निकालने का भरसक प्रयास किया, मगर सफल नहीं हुआ। अंत में जब चरवाहा आया, तभी उसने उसके पंजे भेड़ के बालों से निकाले। चरवाहे ने कौए को बालों से आजाद करके इतनी जोर से जकड़ लिया कि बेचारा उड़ नहीं सकता था।

चरवाहा कौए को घर ले आया और उसके पंख काट दिए। अब बिना पंखों का कौआ उसके बच्चों का खिलौना बन गया। बच्चे उस कौए के इर्द-गिर्द जमा होकर तरह-तरह के प्रश्न पूछते, "पिताजी, यह कौन सा पक्षी है? इसका नाम क्या है?"

चरवाहा इन प्रश्नों के उत्तर में हँसकर कहता, "अगर इससे पूछोगे तो यह कहेगा कि मैं उकाब हूँ; जबकि असलियत यह है कि यह मात्र एक कौआ है।"

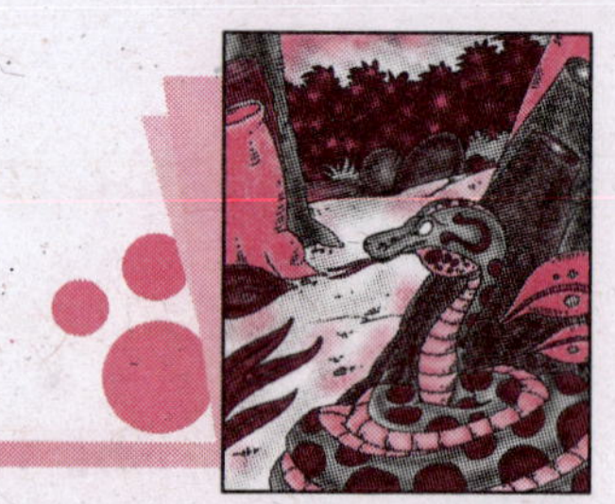

सिंह की सलाह

एक सिंह और एक गधे में आपस में बहुत गहरी मित्रता थी। यद्यपि उनका स्वभाव भिन्न था, परंतु वे हमेशा साथ-साथ ही घूमते थे। गधा और सिंह जहाँ भी जाते, वहाँ वन्य प्राणियों में भगदड़ मच जाती। दरअसल, यह होता तो शेर की वजह से था, मगर गधे को बड़ी भारी गलतफहमी हो गई थी कि सभी जीव-जंतु उससे दहशत खाते हैं, वह भी एक बलशाली जीव है।

एक बार जब वे जंगल में साथ-साथ घूम रहे थे, तो उन्होंने भेड़ियों का एक झुंड देखा। भेड़ियों को देखते ही गधे की मानसिक वीरता जाग उठी और वह सिंह की नकल करता हुआ मुँह खोल जोर-जोर से 'ढींचू-ढींचू' करता हुआ उनकी ओर ऐसे झपटा जैसे उन्हें खा जाएगा।

भेड़ियों में भगदड़ मच गई। सभी अपनी जान बचाने के लिए इधर-उधर भागने लगे। जिसको जिधर मौका लगा, उधर भाग निकला। उन्होंने पीछे मुड़कर भी नहीं देखा।

यह सब देखकर गधा बहुत प्रसन्न हुआ। बहुत गर्व से चलता हुआ वह वापस शेर के पास आया।

उसको देखकर सिंह ने कहा, "क्यों मित्र, इतने जोर-जोर से क्यों रेंक रहे थे? क्या बात थी?"

"अरे मित्र! शायद तुमने मेरी वीरता नहीं देखी। भेड़ियों का झुंड मुझे देखते ही इधर-उधर भाग गया। वे समझे, मैं उन्हें खा जाऊँगा। कितने डरपोक हैं।" गर्व से सीना फुलाकर गधे ने कहा।

उसकी बात सुनकर सिंह ठहाका लगाकर हँसने लगा, "ओह, तो यह बात है, जो तुम इतने प्रसन्न हो। अरे, तुम मेरे मित्र हो, इसमें कोई संदेह नहीं। फिर भी तुम्हें यह बात याद रखनी चाहिए कि तुम एक गधे हो, सिंह नहीं। भेड़िए तुम्हारे डर से नहीं, बल्कि इसलिए भाग गए, क्योंकि मैं तुम्हारे साथ था। दोस्त के नाते एक सलाह देता हूँ—कभी अकेले हो तो ऐसा काम मत करना, वरना वही भेड़िए तुम्हें टुकड़े-टुकड़े करके खा जाएँगे।"

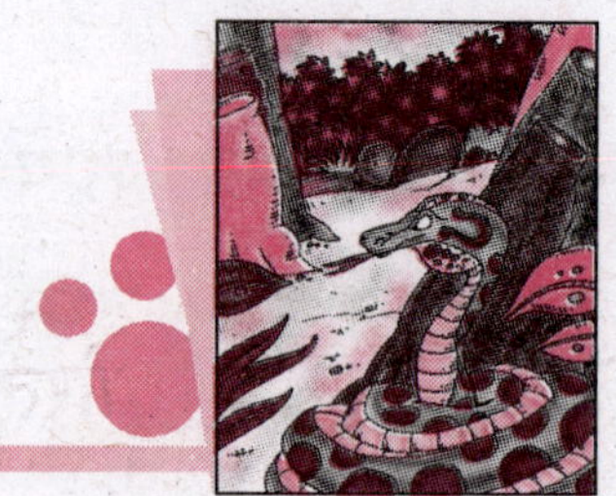

भालू का क्रोध

एक बार एक भालू बहुत प्रसन्न मुद्रा में जंगल में घूम रहा था। उसे जिस भोजन की तलाश थी, वह था शहद। भालू को यह भी मालूम था कि उसे शहद कहाँ मिलेगा। उसने अपना थूथन उठाया, कुछ सूँघा और फिर एक ओर चल पड़ा। परंतु जैसे ही वह शहद वाले स्थान पर पहुँचा, एक मधुमक्खी उड़ती हुई आई और उसने भालू को डंक मार दिया। इससे भालू क्रोधित हो उठा। उसने पेड़ पर चढ़कर एक ही थूथन में शहद का छत्ता गिरा दिया।

मधुमक्खियाँ शहद इकट्ठा करने में जुटी हुई थीं। इस अचानक हमले से वे भौंचक्की रह गईं। मगर जल्द ही उन्हें भालू की करतूत का पता चल गया। फिर क्या था, वे हजारों की संख्या में भालू पर टूट पड़ीं और उसे डंक मारने लगीं। भालू बेचारा अधमरा हो गया। वह अपनी मूर्खता पर पश्चात्ताप करने लगा। जब मधुमक्खियाँ चली गईं तो वह खुद को धिक्कारने लगा, "मैं भी कितना मूर्ख था। निर्दोषों को दंड दे रहा था। एक मधुमक्खी के काटने पर मैंने अपना क्रोध पूरे छत्ते पर निकाला। यदि मैं चुपचाप आगे बढ़ जाता तो मेरे शरीर में हजारों डंक तो नहीं चुभते।"

पहले सोचो, फिर करो

किसी जंगल के किनारे पानी से भरी एक बड़ी सी झील थी। इसमें कुछ मेढक खूब मजे का जीवन व्यतीत कर रहे थे। एक बार ऐसा हुआ कि वर्षा-ऋतु में पानी की एक बूँद भी नहीं बरसी। भीषण गरमी से झील सूख गई थी। वैसे तो मेढक भूमि तथा पानी दोनों स्थानों पर रह सकते थे, मगर ऐसा होने पर भी वे चाहते थे कि कुछ पानी हो तो अच्छा होगा। उनकी यह दशा देखकर मेढकों का सरदार उन सबके साथ उस सूखी झील से बाहर आ गया और वे सभी एक साथ किसी पानी वाली झील की तलाश में चल पड़े।

जब वे मेढक पानी की तलाश में इधर-उधर घूम रहे थे, तभी उन्हें पानी से भरा एक कुआँ दिखाई दिया। पानी देखकर सभी मेढक उतावले हो उठे। वे सभी कुएँ में कूद जाना चाहते थे। यहाँ तक कि उनका सरदार भी यही चाहता था, मगर इस विषय पर सोच-विचार के बाद इस नतीजे पर पहुँचा कि ऐसा करना ठीक नहीं है। वह बोला, "प्यारे दोस्तो, भविष्य के बारे में सोचकर आगे बढ़ना ही अच्छा होता है। माना कि यह कुआँ पानी से भरा है। मगर यह भी सूख गया तो हम तो बेमौत मारे जाएँगे। कुएँ से बाहर निकलना असंभव होगा। नतीजा होगा भूख से तड़प-तड़पकर हमारी मौत।"

बिल्ली की भक्ति

किसी कमरे के एक कोने में बने बिल के सामने दो चूहे बैठे थे। अचानक उनकी नजर कमरे के दूसरे कोने पर गई।

वहाँ एक बिल्ली आँखें बंद किए बैठी थी। उसकी दुम गोल होकर उसके पंजों के गिर्द लिपटी हुई थी। उसकी मूँछें भी नीचे को लटकी हुई थीं।

एक चूहा उसकी बगुला-भक्ति देखकर बहुत प्रभावित हुआ।

"यह बिल्ली तो बहुत सीधी-सादी और हानिरहित लगती है, काश! सभी बिल्लियाँ ऐसी ही होतीं, मैं तो चला उससे दोस्ती करने।" एक चूहा बोला।

इस बात को सुनकर दूसरे चूहे ने उसे डाँटते हुए कहा, "क्या तुम सचमुच मूर्ख हो। समझते क्यों नहीं कि बिल्ली हमारी प्राकृतिक शत्रु है। अगर उसके पंजों की पहुँच में तुम आ गए तो वह तुम्हें बिलकुल नहीं छोड़ेगी।"

मगर चूहे ने अपने मित्र की एक न सुनी और बिल्ली के पास उससे मित्रता करने पहुँच गया। मगर अभी वह 'हल्लो' कहने ही वाला था कि बिल्ली उस पर झपटी और मारकर खा गई।

घमंडी कौआ

किसी जंगल में एक कौआ रहता था। पूरा जंगल तरह–तरह के रंगीन पक्षियों से भरा पड़ा था। मगर पूरे जंगल में एक यही कौआ था–बिलकुल काला भुजंग। कौआ भी अपने काले रंग के प्रति बहुत सचेत रहता था। अपने काले रंग के कारण वह हीन–भावना से ग्रस्त रहता था। इससे छुटकारा पाने के लिए उसने एक दिन जंगल में तरह–तरह के पक्षियों के पड़े हुए पंख बटोरे। उसने वे सभी रंगीन पंख अपने शरीर में लगा लिए। उसने अपना इतना बनाव–श्रृंगार किया कि लगता था, संसार की कोई अति सुंदर चिड़िया जंगल में आ गई हो।

अब काला कौआ अपने नए रूप में जंगल के अन्य पक्षियों के साथ–साथ घूमने लगा। वे पक्षी भी, जो उससे प्रतिदिन मिलते थे, उसे पहचान नहीं पाए। वे उससे बहुत अधिक प्रभावित दिख रहे थे। ऐसा आदर पाकर काला कौआ घमंड से चूर हो गया और सभी के सामने अकड़कर चलने लगा। वह हमेशा गर्व में भरकर उछलता–कूदता रहता। एक दिन पक्षियों को अपनी ओर प्रशंसा भरी दृष्टि से देखते हुए वह बोला, “मेरा विचार है, यह स्थान मेरे रहने योग्य नहीं है। जरा मेरे रंग–रूप और मेरी प्राकृतिक छटा को देखो और अपने को देखो। भला मेरा–तुम्हारा क्या मुकाबला...उ...हूँ।”

काले कौए की इन घमंड भरी बातों से जंगल के सभी पक्षी क्रुद्ध हो उठे। उन्होंने मिलकर इस पर आक्रमण कर दिया और उसके रंगीन पंख नोचने आरंभ कर दिए।

कुछ देर बाद ही काले कौए के रंगीन पंखों के साथ उसके अपने पंख भी उखड़ गए। काला कौआ लहूलुहान हो गया। सभी पक्षी उसे घायल अवस्था में छोड़कर चले गए।

मरते-मरते काले कौए ने सोचा, "आह, कितना अच्छा होता, अगर मैं अपना मुँह बंद रखता और अनाप-शनाप न बोलता।"

शिकार का बँटवारा

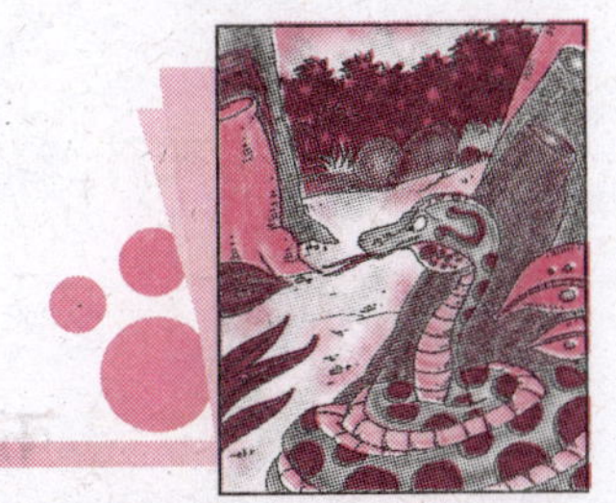

एक बार एक सिंह और एक भालू जंगल में अपने शिकार की तलाश में घूम रहे थे। दोनों ही भूख से व्याकुल थे। अचानक उन्हें एक हिरण का बच्चा दिखाई दिया। दोनों ने एक ही बार में आक्रमण कर उस बच्चे को मार दिया। परंतु बच्चा इतना छोटा था कि उन दोनों में से किसी के लिए भी पर्याप्त भोजन नहीं था।

बस फिर क्या था, सिंह और भालू आपस में लड़ने लगे। दोनों का क्रोध इतना बढ़ा कि एक-दूसरे को नोचने-खसोटने लगे। दोनों ही शिकार को अकेले खाना चाहते थे, बँटवारा उन्हें मंजूर नहीं था। इस झगड़े में वे बुरी तरह घायल हो गए। लहूलुहान होकर अपनी-अपनी पीठ के बल लेट गए और एक-दूसरे पर गुर्राने लगे। वे इतनी बुरी तरह घायल हो गए थे कि अब उनमें उठने की शक्ति भी नहीं रह गई थी।

तभी एक होशियार लोमड़ी उधर से गुजरी। उसने इन दोनों को घायल अवस्था में पड़े हुए देखा। उनके बीच एक मरे हुए हिरन के बच्चे को देखकर लोमड़ी सबकुछ समझ गई।

बस उसने सीधे उन दोनों के बीच में घुसकर हिरन के बच्चे को खींच लिया और झाड़ियों के पीछे चली गई।

सिंह और भालू तो इतनी दयनीय स्थिति में थे कि अपने हाथ-पैर भी

नहीं हिला सकते थे। वे दोनों लाचार से लोमड़ी को अपना शिकार ले जाते देखते रहे।

अंत में सिंह ने कहा, "इतनी छोटी सी बात पर इतनी बुरी तरह लड़ना हमारी मूर्खता थी। यदि हमारे अंदर जरा भी बुद्धि होती तो हम समझौता कर लेते। हम चाहते तो शिकार का बँटवारा भी कर सकते थे। लेकिन यह हमारे लालच का परिणाम है कि हम आज इस स्थिति में पहुँच गए हैं और एक लोमड़ी हमारे शिकार को खींच ले गई।"

यह सुनकर भालू ने भी सिर हिलाया, "हाँ दोस्त, तुम ठीक कह रहे हो।" सच में कहा गया है–दो के झगड़े में किसी तीसरे का ही फायदा होता है।

स्वार्थी फाख्ता

एक बार एक फाख्ता किसी बहेलिए के जाल में फँस गई। वह बहुत फड़फड़ाई और जाल से निकलने की भरसक कोशिश की, परंतु सफल नहीं हो सकी।

वह तरह-तरह की कल्पनाएँ करने लगी। सबसे अधिक भयंकर कल्पना जो वह कर सकी, वह थी कि बहेलिया उसे जान से मार देगा। यह सोचकर वह बहुत उदास हो गई।

तभी उसने देखा कि बहेलिया उसकी ओर आ रहा था। वह भय से काँपने लगी। डर के मारे उसका बुरा हाल हो रहा था।

जब बहेलिए ने उसे जाल से निकालकर अपने हाथ में लिया तो वह बोली, "ओ बहेलिए, मैं एक मासूम पक्षी हूँ। मैं किसी को हानि नहीं पहुँचाती, कृपया मुझे छोड़ दो।"

बहेलिया उसे टकटकी लगाकर देखने लगा।

दरअसल, वह इतनी मासूम थी कि उसका अहित करने का खयाल भी बहेलिए के मन में न था और मन-ही-मन वह सोच रहा था कि इस मासूम फाख्ता को छोड़ देना चाहिए।

जब बहेलिए ने उसकी बात का उत्तर नहीं दिया तो वह दोबारा बोली, "श्रीमान, आप मुझ पर दया करें, बदले में मैं भी आपका फायदा

कराऊँगी। यदि आप मुझे छोड़ देंगे तो मैं वादा करती हूँ कि मैं सैकड़ों फाख्ता बुलाकर आपके जाल में फँसवा दूँगी।"

यह सुनकर बहेलिया गुस्से में लाल-पीला हो उठा। कहाँ तो वह उसे मासूम समझकर छोड़ना चाहता था और कहाँ उसकी ऐसी स्वार्थपूर्ण बात सुनकर वह क्रोधित होकर बोला, "अब तुम्हारे छोड़ दिए जाने की आशा बहुत कम है। जो अपनी जान बचाने के लिए अपने सगे-संबंधियों की जान खतरे में डाल सकता है, वह दया का पात्र नहीं हो सकता।"

बहेलिया फाख्ता को घर ले आया और उसको पकाकर खा गया।

मुरगे की सूझ-बूझ

एक मुरगा और एक कुत्ता एक-दूसरे के बहुत अच्छे मित्र थे। एक दिन वे दोनों किसी जंगल से होकर यात्रा कर रहे थे। चलते-चलते अँधेरा घिर आया। एक बड़ा पेड़ देखकर दोनों मित्रों ने आराम से रात काटने की सोची।

मुरगे ने कहा, "भाई कुत्ते, अब मुनासिब सी जगह देखकर आराम करें। ऐसा करते हैं, मैं इस पेड़ पर चढ़कर किसी डाल पर जम जाता हूँ। तुम आस-पास की कहीं मुनासिब जगह देखकर आराम करो।"

"ठीक है भाई, तुम पहुँचो अपने ठिकाने पर, मैं तो यहाँ कहीं भी डेरा जमा लेता हूँ।"

मुरगे ने अपने पंख फड़फड़ाए और पेड़ की एक ऊँची डाल पर जा बैठा और कुत्ता पेड़ के नीचे आराम करने लगा।

दोनों मित्र रातभर खर्राटे भरकर सोते रहे। जब भोर हो गई तो मुरगे ने उठकर बाँग दी।

एक लोमड़ी वहीं आस-पास कहीं रहती थी। मुरगे की बाँग सुनकर उसकी नींद भी खुल गई। कुछ ही देर बाद लोमड़ी उस ओर चली आई। उसने अपनी नजरें घुमाकर चारों ओर देखा। तभी उसे पेड़ पर बैठा मुरगा दिखाई दिया। मुरगे को देखकर उसके मुँह में पानी भर आया।

मुरगा उसकी पहुँच से दूर था, इसलिए वह बहुत होशियारी से पेड़ के चारों ओर चक्कर काटने लगी। वह सोच रही थी कि अपने शिकार को पाने के लिए वह कौन सा उपाय करे।

उसने मुरगे से कहा, "मित्र, मैंने भोर में तुम्हारी मीठी बाँग सुनी। मैं तुम्हारी मधुर वाणी से बड़ी प्रभावित हूँ। मेरा जी चाहता है कि तुम्हारी पीठ ठोंकूँ।"

"क्यों नहीं।" मुरगे ने चालाकी से काम लेते हुए कहा, "नीचे जो चौकीदार सो रहा है, उसे जगाकर कहो, सीढ़ी लगाए, ताकि मैं नीचे आ सकूँ।"

लोमड़ी ने मुरगे को खाने की जल्दी में पेड़ के नीचे लेटे कुत्ते को जगा दिया। कुत्ते ने अपने सामने एक लोमड़ी को देखा तो उस पर तुरंत झपट पड़ा और उसे मार डाला।

होशियार लोमड़ी

एक बार एक सिंह गंभीर रूप से बीमार हो गया। चूँकि वह जंगल के सभी जानवरों का राजा था, अतः जंगल के सभी जानवर झुंड बनाकर उसका हाल-चाल पूछने आए, केवल एक लोमड़ी नहीं आई। सिंह ने तो इस पर ध्यान नहीं दिया, परंतु भेड़िए से यह बात छिपी नहीं रह सकी, जो उसका पुश्तैनी शत्रु था।

यह भेड़िए के लिए एक सुनहरा अवसर था। वह सिंह की चापलूसी करते हुए बोला, "हे महाराज, आपकी प्रजा के दिल में आपके लिए इतना प्रेम है कि हर जानवर आपके स्वास्थ्य की कामना कर रहा है। किसी भी जानवर ने प्रातःकाल से कुछ भी नहीं खाया-पिया है।" इतना कहकर भेड़िया रुका, इधर-उधर देखा और दोबारा कहने लगा, "मगर एक लोमड़ी ही ऐसी है, जो कहीं नजर नहीं आ रही है।"

यह सुनकर सिंह बहुत क्रोधित हो गया। उसने लोमड़ी को बुलवा भेजा। एक घंटे के अंदर ही लोमड़ी को सिंह के दरबार में हाजिर कर दिया गया।

"बदतमीज लोमड़ी!" सिंह गुस्से में गरजा, "अपनी गैर-हाजिरी का कारण बयान करो।"

लोमड़ी ने भेड़िए को तिरछी नजरों और कुटिलता से मुसकराते हुए

देख लिया था। वह सारी बात समझ गई और बिना एक क्षण की देरी किए बोली, "मालिक, ऐसा नहीं है, मुझे आपकी बीमारी के विषय में पूरी सूचना है। मैं तो किसी ऐसे डॉक्टर की तलाश कर रही हूँ, जो आपको शीघ्र स्वस्थ कर दे और आपको दोबारा शक्तिशाली बना दे। मैं सचमुच एक ऐसे डॉक्टर से मिल चुकी हूँ, जिसने बताया कि अगर आप शीघ्र स्वस्थ होना चाहते हैं, तो एक भेड़िया मारकर उसकी गरम खाल अपने शरीर पर लपेट लें।"

यह सुनते ही सिंह भेड़िए की ओर मुड़ा, जो उससे एक हाथ की दूरी पर ही खड़ा था। इसके पहले कि वह अपने जीवनदान के लिए सिंह से भीख माँगता, सिंह उस पर टूट पड़ा और उसे मार डाला। इसीलिए कहा गया है कि बुद्धि ही संकटों से उबार देती है।

बारहसिंगा की गलतफहमी

एक बारहसिंगा था। उसकी केवल एक ही आँख थी। एक आँख होने के कारण उसके साथ समस्या यह थी कि दूसरी ओर क्या हो रहा है, इसका उसे पता नहीं चल पाता था।

चूँकि वह केवल एक ओर से ही अपनी सुरक्षा कर सकता था, इसलिए वह सदा ही डरा रहता। उसे लगता था कि कोई-न-कोई खतरा हर समय उसके सिर पर मँडराता रहता है और इत्तेफाक ही है कि मैं आज तक बचता आया हूँ।

वह जब भी जंगल में चर रहा होता, अकसर भूखा ही रहता, क्योंकि जरा सी आहट पर ही वह भाग खड़ा होता था। अतः इस समस्या से बचने के लिए उसने एक उपाय खोज निकाला। वह नदी के किनारे-किनारे घूमकर घास चरने लगा।

उसने अपना चेहरा इस प्रकार रखा था कि नदी उसकी बंद आँख की ओर रहे। उसका विश्वास था कि इस प्रकार वह मैदानी इलाके की ओर निगाह रख सकेगा और शिकारियों आदि के हमले से खुद को सुरक्षित रख पाएगा।

जहाँ तक नदी की ओर से खतरे का प्रश्न था, तो उसका विचार था कि इधर से उस पर कोई हमला नहीं हो सकता।

मगर कहते हैं कि मृत्यु जब आती है तो चाहे उसे रोकने की लाख कोशिश की जाए, मगर वह रुकती नहीं।

परंतु उसका विचार गलत था। कुछ शिकारियों ने, जो नावों में यात्रा कर रहे थे, उसे घास चरते देख लिया, बारहसिंगा उन्हें नहीं देख सका। बस एक शिकारी ने तीर चलाया, जो बारहसिंगा की गरदन से पार हो गया।

मरते-मरते बारहसिंगा ने शिकारियों को देखा और सोचने लगा, 'जिस नदी की ओर से मैंने अपनी आँखें फेर ली थीं, यह सोचकर कि वह सुरक्षित है, वही मेरी मृत्यु का कारण बनी।'

सर्प का घमंड

एक जंगल में एक सर्प रहता था। वह रोज चिड़ियों के अंडों, चूहों, मेढकों एवं खरगोश जैसे छोटे-छोटे जानवरों को खाकर पेट भरता था। वह आलसी भी बहुत था। एक ही स्थान पर पड़े रहने के कारण कुछ ही दिनों में वह काफी मोटा हो गया। जैसे-जैसे वह ताकतवर होता गया, वैसे-वैसे उसका घमंड भी बढ़ता चला गया।

एक दिन सर्प ने सोचा, 'मैं जंगल में सबसे ज्यादा शक्तिशाली हूँ। इसलिए मैं ही जंगल का राजा हूँ। अब मुझे अपनी प्रतिष्ठा और आकार के अनुकूल किसी बड़े स्थान पर रहना चाहिए।'

यह सोचकर उसने अपने रहने के लिए एक विशाल पेड़ का चुनाव किया। पेड़ के पास चींटियों की बस्तियाँ थीं। वहाँ मिट्टी के ढेर सारे छोटे-छोटे कण जमा थे।

उन्हें देखकर उसने घृणा से मुँह बिचकाया और कहा, "यह गंदगी मुझे पसंद नहीं। यह बवाल यहाँ नहीं रहना चाहिए।"

वह गुस्से से भरा बिल के पास गया और चींटियों से बोला, "मैं नागराज हूँ, इस जंगल का राजा। मैं आदेश देता हूँ कि जल्द-से-जल्द इस गंदगी को यहाँ से हटाओ और चलती बनो।"

सर्पराज को देखकर वहाँ रहने वाले अन्य छोटे-छोटे जानवर थर-थर काँपने लगे।

पर नन्ही चींटियों पर उसकी धौंस का कोई असर नहीं पड़ा। यह देखकर सर्प का गुस्सा बहुत अधिक बढ़ गया और उसने अपनी पूँछ से बिल पर कोड़े की तरह जोर से प्रहार किया।

इससे चींटियों को बहुत क्रोध आया। क्षण भर में हजारों चींटियाँ बिल से निकलकर बाहर आईं और सर्प के शरीर पर चढ़कर उसे काटने लगीं।

नागराज को लगा, जैसे उसके शरीर में एक साथ हजारों काँटे चुभ रहे हों। वह असह्य वेदना से बिलबिला उठा। असंख्य चींटियाँ उसे नोच-नोचकर खाने लगीं।

वह उनसे छुटकारा पाने के लिए छटपटाने लगा। मगर इससे कोई फायदा नहीं हुआ।

कुछ देर तो वह इसी तरह संघर्ष करता रहा, पर बाद में अत्यधिक पीड़ा से उसकी जान निकल गई। उसके बाद भी चींटियों ने उसे नहीं छोड़ा और उसका नरम मांस नोच-नोचकर खा गईं।

कुछ ही देर में वहाँ साँप का अस्थि-पंजर पड़ा था। इसलिए कहते हैं कि किसी को छोटा समझकर उस पर बेवजह रोब नहीं जमाना चाहिए। बहुत सारे छोटे मिलकर बड़ी शक्ति बन जाते हैं।

हाँड़ी की करामात

बहुत पुरानी बात है कि नर्मदा नदी के तट पर बसे गाँव बिशनपुर में एक बुढ़िया टूटी-फूटी झोंपड़ी में रहती थी। बेटा-बहू असमय ही काल के ग्रास बन चुके थे। एक पोता ही था, जो उसके बुढ़ापे का एकमात्र सहारा था।

दादी-पोता नित्य जंगल में जाते और जितनी भी लकड़ियाँ उनसे उठाई जा सकती थीं, उन्हें लाकर गाँव में बेच देते। जो कुछ प्राप्ति होती, उसी से उनका गुजारा होता था। एक दिन बुढ़िया बीमार पड़ गई। तब उसका पोता जंगल में लकड़ियाँ बीनने गया। वह एक पोटली में चार रोटियाँ व प्याज रखकर ले गया था।

दोपहर तक लकड़ियाँ बीनने के बाद वह रोटी खाने लगा तो एक बुढ़िया, जो कुबड़ी थी, लाठी टेकती हुई उसके पास आई और बोली, "बेटा, मुझे कुछ खाने को दे, बहुत भूख लगी है।"

उस लड़के को उसमें अपनी दादी की छवि दिखाई पड़ी। उसने उस बुढ़िया को सारी रोटियाँ दे दीं। बुढ़िया खा-पीकर तृप्त हो गई तो लड़के से बोली, "बेटा, तूने तो कुछ खाया ही नहीं।"

लड़का बोला, "माँ, मैं तो जंगल के फल खाकर पहले ही तृप्त हो चुका हूँ।"

तब बुढ़िया ने लड़के से कहा, "बेटा, तूने मुझे अन्न का दान किया है। ले, यह काली हाँड़ी रख ले। यह करामाती हाँड़ी है, तू जितना भोजन माँगेगा, यह तुझे देगी। जब पूर्ति हो जाए तो इसे भोजन न देने के लिए कहना। यह भोजन देना बंद कर देगी।

बुढ़िया को पोता वह करामाती हाँड़ी लेकर घर आ गया। उसने अपनी दादी को उस हाँड़ी के बारे में बताया। फिर रात्रि को उस हाँड़ी से कहा, "करामाती हाँड़ी, स्वादिष्ट भोजन दो।" इतना कहना था कि वह हाँड़ी खीर, पूरी, हलुवा, सब्जी उगलने लगी। जब पर्याप्त भोजन मिल चुका तो लड़का बोला, "काली हाँड़ी, अब बस करो।" तब हाँड़ी ने भोजन उगलना बंद कर दिया।

उस रात दादी-पोते ने छककर स्वादिष्ट भोजन किया। कुछ दिन तक ऐसा ही चलता रहा। एक दिन बुढ़िया का पोता लकड़ियाँ बीनने के लिए जंगल में गया। उस दिन बुढ़िया कुछ अस्वस्थ थी, अतः वह मर गई। इधर जब बुढ़िया को भूख लगी तो उसने हाँड़ी से कहा, "करामाती हाँड़ी स्वादिष्ट भोजन दो।"

हाँड़ी स्वादिष्ट भोजन उगलने लगी। बुढ़िया ने खूब खाया और अपने कमरे में जाकर लेट गई। वह यह कहना भूल गई कि काली हाँड़ी, अब बस करो।

फलस्वरूप वह हाँड़ी भोजन उगलती रही। इतना भोजन उगला कि बुढ़िया की झोंपड़ी, गाँव के गलियारे, चौक, सारे घर तरह-तरह के

भोजन से भर गए।

गाँव के स्त्री-पुरुष, बच्चों सभी ने छककर खाया। स्थिति यह हो गई कि भोजन परत-दर-परत जमा होता गया। बच्चे भोजन से खेलने लगे।

संध्या होने पर बुढ़िया का पोता जब घर लौटा तो उसने यह अजब नजारा देखा। वह दौड़ा-दौड़ा घर पहुँचा और हाँड़ी को भोजन न देने का आदेश दिया। हाँड़ी ने भोजन देना बंद कर दिया। लेकिन पूरे गाँव में स्थिति यह हो गई कि लोग फावड़े-कुदाली से कई दिनों तक भोजन की परतों को खोदते रहे। तब कहीं जाकर एक सप्ताह में कुछ साफ-सफाई हो सकी।

प्रेत का भय

किसी गाँव में एक कुम्हार रहता था। उसकी पत्नी मनमौजी थी। कुम्हार उसे जो भी काम करने को कहता, वह ठीक उसके विपरीत किया करती थी। एक दिन इसी बात को लेकर दोनों में तू-तू, मैं-मैं हो गई। फलस्वरूप कुम्हार रुष्ट होकर जंगल में चला गया। वहाँ उसने अमरूद के कुछ पेड़ देखे। कुछ अमरूद उसने तोड़कर खाए भी। जब वह अमरूद खा रहा था, तभी उसकी नजर अमरूद के एक ऐसे पेड़ पर पड़ी, जिसके ठीक नीचे एक गहरा गड्ढा था।

कुछ समय बाद वह घर लौट आया। तब तक उसकी पत्नी का क्रोध शांत हो चुका था। वह अपनी पत्नी से बोला, "आज मैंने अमरूद का एक ऐसा पेड़ देखा, जिस पर बड़े-बड़े अमरूद लगे थे। वही अमरूद खाने कल फिर जंगल में जाऊँगा।"

कुम्हार की बातें सुनकर उसकी पत्नी बोली, "उन अमरूदों को खाने के लिए तो मैं भी जंगल जाऊँगी।"

अगले दिन कुम्हार के पीछे-पीछे वह भी चल दी। जैसे ही कुम्हार उस पेड़ की ओर बढ़ा, उससे पहले ही वह वहाँ पहुँच गई और अमरूद तोड़कर खाने लगी। तभी अचानक उसका संतुलन बिगड़ा और वह चीख मारती हुई गड्ढे में जा गिरी।

कुम्हार अपने घर आ चुका था। दो दिन बाद वह फिर उसी स्थान पर यह सोचकर पहुँचा कि चलो मनमौजिनी के हाल-चाल देख लूँ। उसके हाथ में एक रस्सा था, जिसके द्वारा वह उसे गड्ढे से बाहर निकालने का मन बना चुका था।

गड्ढे के पास पहुँचकर उसने जैसे ही रस्सा लटकाया वैसे ही उसकी पत्नी के स्थान पर एक प्रेत निकलकर बाहर आ गया। प्रेत को देखकर वह रस्सा छोड़ने लगा। तब वह प्रेत बोला, "मित्र, तुम मुझे बाहर निकाल लो। एक मनमौजिनी औरत ने दो दिन से बड़ा परेशान कर रखा है। मैं तुम्हारे बहुत काम आऊँगा।"

कुम्हार ने उस प्रेत को बाहर निकाल लिया। अब प्रेत कुम्हार से बोला, "मित्र, मैं तुम्हारे साथ गाँव चलकर वहाँ की औरतों व अन्य लोगों को पीड़ित करूँगा। तुम उन्हें मुझसे बचाना। इस प्रकार तुम्हें शोहरत व धन दोनों की प्राप्ति होगी।"

प्रेत के गाँव में पहुँचने पर गाँव के लोग प्रेतग्रस्त हो गए। कुम्हार उन सबको प्रेत से मुक्त कराता और धन कमाता। गाँवभर में उसकी प्रसिद्धि फैल चुकी थी।

एक दिन प्रेत कुम्हार से बोला, "अब मैं सरपंच की पुत्री पर सवार होऊँगा। लेकिन तुम उसका उपचार मत करना। यदि तुमने ऐसा किया तो मैं तुम्हें जिंदा नहीं छोडूँगा।"

अगले दिन वह प्रेत सरपंच की पुत्री पर सवार हो गया। अब उसकी

पुत्री लोगों को तंग करने लगी। सरपंच ने कुम्हार को प्रेत उतारने के लिए बुलाया। लेकिन कुम्हार ने सरपंच से कहा, "मैं उपचार तभी करूँगा जब गाँव के लोग बैलगाड़ियों में बैठकर तुम्हारे घर के सामने इकट्ठे हो जाएँगे।"

जब लोग इकट्ठे हो गए तब कुम्हार ने लोगों से कहा, "तुम सब लोग 'मनमौजिनी आई, मनमौजिनी आई' कहकर चिल्लाओ। सरपंच की पुत्री का प्रेत उतरने लगेगा।" तभी प्रेत क्रोधित होकर कुम्हार से बोला, "तुम यहाँ क्यों आए हो?तुमने मेरी बात नहीं मानी। अब मैं सबसे पहले तुम्हीं को खाऊँगा।"

इस पर कुम्हार बोला, "मैं तो तुम्हारे बचाव के लिए ही यहाँ आया हूँ, क्योंकि वह मनमौजिनी औरत यहाँ भी आ पहुँची है।"

प्रेत ने जब 'मनमौजिनी' के आने की खबर सुनी तो वह उलटे पैर उसी गड्ढे की ओर दौड़ पड़ा। लेकिन जब वह गड्ढे में पहुँचा तो देखा कि मनमौजिनी जहरीले जीवों के डँसने से बेहोश पड़ी थी। प्रेत फिर उसी गड्ढे में बसेरा करने लगा।

इधर सरपंच ने अपनी पुत्री का विवाह उस कुम्हार के साथ कर दिया और अपनी पूरी संपदा उसे सौंप दी, क्योंकि सरपंच के कोई पुत्र नहीं था। बाद में उसी प्रेत ने आकर कुम्हार को सूचित किया कि वह मनमौजिनी औरत अब नहीं रही।

जाट की चतुराई

किसी गाँव में धन्ना नाम का एक जाट रहता था। वह बहुत चतुर व बुद्धि का धनी था। एक बार वह धनहीन हो गया तो उसकी बुद्धि भी कुंद हो गई। उसकी समझ में नहीं आ रहा था कि वह करे तो क्या करे। तभी उसके दिमाग में एक विचार कौंधा और वह पागल होने का नाटक करने लगा। वह दिनभर मारा-मारा फिरता और पागलों जैसी हरकतें करता।

एक बार भटकता हुआ वह जंगल में निकल गया। वहाँ उसने एक बाज को पकड़ लिया और गाँव अपने लौट आया। गाँव में बनिए की दुकान के आगे खड़ा होकर वह आवाज लगाने लगा, "कौवा ले लो, क़ौवा!"

बनिए ने जब उस जाट की आवाज सुनी तो बाहर निकला और देखा कि जाट के हाथ में एक बाज है, लेकिन वह उसे कौवा बता रहा है। बनिए ने जाट को दुकान में बुलाया और बोला, "अरे, ओ जाट, तेरा कौवा तो बहुत अच्छा है, बोल, कितने पैसे लेगा?"

जाट बोला, "लाला, सवा रुपए से एक भी पैसा कम नहीं लूँगा।"

बनिया बोला, "अरे, ये तो बहुत ज्यादा हैं। कुछ कम कर दे।"

जाट ने नकार दिया।

तब बनिया बोला, "अच्छा, तू तो अपना ही आदमी है। ले सवा

रुपया।" जाट सवा रुपया में बाज को बेचकर चला गया।

कुछ दिनों के बाद वह जंगल से कुश नामक घास उठा लाया और उस बनिए की दुकान के आगे खड़ा होकर आवाज लगाने लगा, "भूसा ले लो, भूसा।"

बनिए ने जाट की आवाज सुनी तो दुकान से बाहर निकला और देखा कि वह कुश का ढेर लगाए बैठा है। वह सोचने लगा कि यह भी अजीब जाट है। पहले बाज को कौआ बता रहा था और अब कुश घास को भूसा बता रहा है।

वह खुश होकर जाट के पास पहुँचा और बोला, "क्यों भाई, क्या भाव लगाएगा ये भूसा।"

जान-बूझकर पागल बना जाट बोला, "ले लो, लाला। तुम तो अपने ही आदमी हो। ज्यादा थोड़े ही लगाऊँगा। तीन रुपए मन में ले लो।"

बनिया बड़ा खुश हुआ और उसने सारा कुश उससे खरीद लिया। फिर बोला, "भई, ऐसा-वैसा सामान लाया करो तो इधर ही आ जाया करो। मैं सब ले लूँगा और तुम्हें भी भटकना नहीं पड़ेगा।"

जाट कुश बेचकर चला गया। लेकिन उसने मन में निश्चय किया कि इस बनिए को सबक सिखाना है, यह गरीबों का बहुत खून चूसता है। एक दिन वह लोहे की मंडी में गया, वहाँ से लोहे की छोटी-छोटी छड़ें खरीद लाया और उन पर सोने की पॉलिश करवा ली।

दो-चार दिन बाद वह उसी बनिए की दुकान पर गया और बोला,

"लाला, इस बार मैं ताँबे की ये छड़ें लाया हूँ।"

बनिए ने गौर से देखा तो उसके मुँह में पानी भर आया। उसने उसे चुपचाप अंदर बुलाया और बोला, "बोल भई, इन छड़ों का क्या लेगा?"

इस बार जाट ने मोटी रकम बताई, फिर ठीक-ठाक दामों में बेचकर चला गया। अब जाट के पास काफी पैसा हो चुका था। उसने पागलपन का नाटक करना छोड़ दिया और ढंग से रहने लगा।

एक दिन वह जाट उसी बनिए की दुकान के सामने से जा रहा था कि बनिए ने उसे आवाज दी। वह उसके पास गया तो बनिया बोला,"यदि तुम्हारे पास वैसा ही ताँबा हो तो और ले आना।"

इस पर जाट बोला, "पहले उस ताँबे को तो बेच लो।"

यह सुनकर बनिए को शंका हुई। उसने सुनार को बुलाकर उन छड़ों की जाँच कराई तो वह लोहे की निकलीं।

अब तो बनिया पछाड़ खाकर गिर पड़ा। कुछ होश आने पर उसने जाट को खरी-खोटी सुनाते हुए कहा, "अरे दुष्ट, तूने तेरे साथ धोखा किया है।"

जाट हँसकर बोला, "अरे लाला, जब तूने बाज को कौवा और कुश को भूसा कहकर खरीदा तब तुझे धोखा नहीं हुआ था। अरे, जो दूसरों को ठगता है, वह एक दिन ऐसे ही ठगा जाता है।"

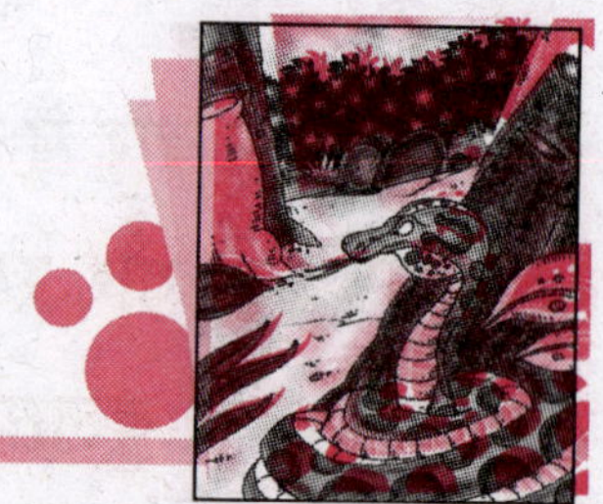

हिरण का विवेक

एक दिन एक शिकारी शिकार खेलने के लिए सवेरे ही उठकर जंगल की ओर चल दिया, फिर उसने एक पेड़ पर मचान बाँधा और हिरण की बाट जोहने लगा।

एक हिरण उधर आया। फलों से लदे पेड़ को देखते ही उसके मुँह में पानी आ गया। तभी अचानक उसकी निगाह जमीन पर बने आदमी के पैरों के निशानों पर पड़ी, 'जरूर आस-पास कोई शिकारी मौजूद है, जो मेरा शिकार करने की ताक में है।' हिरण ने सोचा।

उधर शिकारी ने हिरण को रुकते हुए देखा तो सोच में पड़ गया। फिर उसके दिमाग में एक विचार आया और उसने पेड़ से फल तोड़कर रास्ते में फेंकने शुरू कर दिए। उसने सोचा कि फलों के लालच में जब हिरण आगे बढ़ेगा तो वह उसे पकड़ लेगा।

लेकिन हिरण शिकारी की चालाकी ताड़ गया। उसे पेड़ की आड़ में बना मचान दिखाई दे गया था।

फिर उसे एक तरकीब सूझी। उसने सोचा कि क्यों न मैं पेड़ से बात करूँ, फिर देखता हूँ क्या होता है?

"भाई पेड़, जब तुमने अपनी रीति छोड़ दी तो मैं भी अपनी रीति छोड़ता हूँ। मैं किसी और पेड़ के फल खा लूँगा।"

उधर शिकारी ने सोचा कि मौका हाथ से निकला जा रहा है। अतः उसने हिरण की ओर भाला फेंका, किंतु हिरण उसकी पहुँच से दूर निकल चुका था।

वृक्ष का मूल्य

एक किसान एक विशाल बाग का मालिक था। उस बाग में विभिन्न प्रकार के फलदार वृक्ष थे। उनमें आम का भी एक वृक्ष था, जिस पर अब फल नहीं लगते थे।

अनेक पक्षियों ने उस पर अपना बसेरा बना रखा था। आम के वृक्ष को बेकार समझकर किसान ने उसे काट डालने की सोची। वह बाग में आया तथा कुल्हाड़ी उठाकर उसे काटने को तैयार हुआ।

किसान को कुल्हाड़ी उठाते देख उस वृक्ष पर रहने वाले पक्षियों ने उससे दया-याचना की, "कृपा कर इस वृक्ष को न काटें। यदि आपने इसे काट डाला तो हमारा घर उजड़ जाएगा तथा हमें कहीं और जाना पड़ेगा। साथ ही आप हमारे मधुर गीत भी नहीं सुन सकेंगे।"

लेकिन किसान ने उनकी इस दया-याचना पर कोई ध्यान नहीं दिया और वृक्ष पर अपनी कुल्हाड़ी चला दी।

परंतु शीघ्र ही किसान की नजर वृक्ष के तने के कोटर पर पड़ी, जहाँ मधुमक्खियों का छत्ता था।

छत्ता देखते ही किसान के मन में उस वृक्ष के प्रति दया के भाव उपजे। वह कुल्हाड़ी को एक ओर फेंककर सोचने लगा, 'फल-रहित होते हुए भी यह वृक्ष पक्षियों का आवास-स्थल है। अब मैं इसे कभी नही

काटूँगा।' उस दिन के बाद किसान को समझ आया कि कोई भी वस्तु व्यर्थ नहीं होती। स्वार्थ के आधार पर उन वस्तुओं का मूल्यांकन नहीं करना चाहिए।

लालच का फल

एक जंगल के निकट ही एक चरागाह था। नजदीक के गाँववाले वहाँ अपने पशु चराने आते थे। पशुओं को एक ओर चरने को छोड़ सभी चरवाहे खेल में मग्न हो जाते थे। चरागाह के नजदीक ही एक बहुत पुराना पेड़ गिरा हुआ था। उस पेड़ के तने में एक बड़ा सा कोटर था, जिसका मुँह का हिस्सा थोड़ा सा तंग था। चरवाहे रोज उस कोटर में अपने भोजन की पोटलियाँ रखते थे और दोपहर के समय अपनी-अपनी पोटलियाँ निकालकर एक साथ बैठकर भोजन करते थे।

एक दिन दोपहर होने से कुछ पहले एक भूखी लोमड़ी भोजन की तलाश में उधर आ निकली। उसे वृक्ष में से भोजन की सुगंध आई और ढूँढ़ते-ढूँढ़ते वह कोटर के भीतर जा पहुँची। कई दिनों से भोजन न मिलने के कारण उसका पेट पीठ से चिपका हुआ था। इसलिए उसे कोटर के अंदर जाने में कोई कठिनाई नहीं हुई।

अत्यधिक भूख लगने के कारण उसने चरवाहों का सारा भोजन चट दिया, अतः उसका पेट फूल गया। जब उसने कोटर में से बाहर निकलने का प्रयास किया तो वह कोटर के तंग मुख में फँस गई। उसने बाहर निकलने का बहुत प्रयत्न किया, लेकिन उसके सभी प्रयास असफल हो गए। इतनी देर में चरवाहे वहाँ आ पहुँचे।

लोमड़ी को कोटर में फँसा देखकर चरवाहे समझ गए कि यह उनका सारा भोजन चट कर गई है। क्रोध में उन्होंने लोमड़ी को मार-मारकर यमलोक पहुँचा दिया।

चालाक लोमड़ी

एक लोमड़ी शिकार की तलाश में जंगल में भटक रही थी। भटकते हुए वह एक फंदे में फँस गई। उसने आजाद होने का बहुत प्रयास किया और अपनी पूरी ताकत लगाकर वह फँदे से आजाद तो हो गई, लेकिन उसकी पूँछ कटकर फंदे में ही रह गई। यह देख लोमड़ी को हीनता का अहसास हुआ। वह सोचने लगी, 'पूँछ को नदारद देख सभी लोमड़ियाँ मेरी खिल्ली उड़ाएँगी, अतः अब मेरे जीवित रहने का कोई लाभ नहीं।' निराशा में डूबी लोमड़ी यही सोच रही थी कि उसके दिमाग में एक नई योजना आई।

उसने विचार बनाया, "आत्महत्या करना तो पाप है। क्यों न सभी लोमड़ियों को अपनी पूँछ कटवाने के लिए उकसाऊँ। इससे मेरी हीन भावना भी समाप्त हो जाएगी और कोई मेरी हँसी भी नहीं उड़ाएगी।"

अपनी इस योजना को कारगर बनाने के लिए उसने सभी लोमड़ियों को एक जगह एकत्रित किया और कहने लगी, "बहनो, हमारी सुंदर देह पर यह मोटी सी पूँछ कितनी भद्दी प्रतीत होती है। इस भारी-भरकम पूँछ से शिकार करने में भी परेशानी होती है। इसलिए इससे छुटकारा पाना ही उचित है।"

उस पूँछ-कटी लोमड़ी की योजना को समझकर एक चालाक लोमड़ी

ने कहा, "बहन, हमें मूर्ख न बनाओ। यदि तुम्हारे भी पूँछ होती तो तुम कभी भी यह प्रवचन नहीं देती।" यह बात सुनते ही पूँछ-कटी लोमड़ी खिसियाकर वहाँ से चली गई।

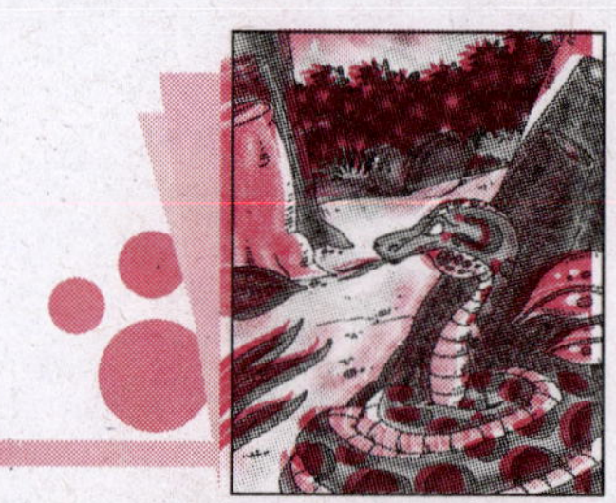

शेर की पसंद

एक हाथी और शेर की रास्ते में मुलाकात हो गई। दोनों एक ही ओर जा रहे थे। अभी वे थोड़ी दूर ही चले थे कि रास्ते में उन्हें कागजों का एक बंडल मिला। शेर ने बंडल उठा लिया और हाथी को थमाता हुआ बोला, "हाथी भैया, मुझे पढ़ना नहीं आता, जरा पढ़कर सुनाइए।"

हाथी ने बंडल खोला तथा एक कागज उठाता हुआ बोला, "गन्ना, घास-फूंस, लड्डू।"

यह सुनकर शेर का मुँह लटक गया। उसने सोचा, इस सब चीजों का तो हाथी से संबंध है। अतः अत्यधिक उत्सुकतावश बोला, "हाथी भैया, जरा पेज पलटकर देखो न। शायद मांस, हड्डी आदि का भी जिक्र हो।"

हाथी ने उस कागज के अलावा दूसरे सभी कागजों को उलट-पलटकर देखा, लेकिन शेर की रुचि की चीजें कहीं नहीं लिखी थीं। अब शेर और भी उदास हो गया। दुःखी मन से वह हाथी से बोला, "फेंक दो इस बंडल को, यह बेकार की चीज है।"

शेर की बात सुनकर हाथी मुसकराया। उसकी समझ में यह बात आ गई थी कि शेर ने ऐसा क्यों कहा। क्योंकि कागजों के बंडल में उसकी रुचि का वर्णन नहीं था।

बुद्धि का सदुपयोग

किसी नगर में चार मित्र रहते थे। वे चारों ही पढ़ने काशी गए। उनमें से तीन तो महाविद्वान् बनकर लौटे, लेकिन एक मित्र की रुचि पढ़ने में नहीं थी। अतः वह शास्त्र-ज्ञानी नहीं बन सका, लेकिन बुद्धि का वह धनी था।

अपने नगर में लौटकर तीन मित्रों ने निर्णय लिया कि यहाँ तो हमारे ज्ञान का महत्त्व कोई भी नहीं समझता। क्यों न किसी दूसरे नगर में जाकर अपने ज्ञान के बल पर धनार्जन किया जाए। तभी चौथा मित्र भी वहाँ आ पहुँचा और बोला कि मैं भी साथ चलूँगा।

तब उनमें से एक बोला, "इसने शास्त्र-ज्ञान नहीं पाया तो क्या हुआ, बुद्धि तो इसमें हम तीनों से अधिक है। यह बुद्धि के बल पर धनार्जन करेगा।"

इस प्रकार चारों मित्र दूसरे नगर के लिए चल पड़े। चलते-चलते वे एक निर्जन वन में पहुँचे। वहाँ उन्होंने एक मरा हुआ शेर देखा। संभवतः वह कई दिनों का मरा हुआ पड़ा था, अतः जंगली जानवरों का भोजन बन चुका था। यही कारण था कि उसकी हड्डियाँ कहीं पड़ी थीं तो खाल कहीं।

चारों मित्र उस मृत शेर के कंकाल के पास बैठ गए और कुछ सोचने

लगे। फिर शास्त्र-ज्ञानी तीन मित्रों ने परस्पर कहा, "हमें इस शेर पर अपने ज्ञान का परीक्षण करना चाहिए।"

एक बोला, "मैं इसकी हड्डियों को जोड़ सकता हूँ।"

दूसरा बोला, "मैं उन जुड़ी हड्डियों पर खाल चढ़ा सकता हूँ।"

तीसरा बोला, "तब मैं इस मृत शेर में प्राण फूँक सकता हूं।"

उन तीनों की बातें सुनकर चौथा मित्र बोला, "अरे, पहले यह तो सोचो कि यदि यह जीवित हो गया तो हमारा क्या होगा? यह हम सबको खा जाएगा।"

तब तीनों मित्र बोले, "तो क्या हम अपने ज्ञान का परीक्षण न करें। तुम तो हमेशा ही ऐसी बेसिर-पैर की हाँकते रहते हो।"

तीनों मित्रों ने उसकी बात पर कोई ध्यान नहीं दिया और अपने-अपने काम में लग गए। जब तीसरा मित्र उसमें प्राण फूँकने लगा तो चौथा बोला, "अब भी सोच लो। यदि शेर में प्राण पड़ गए तो वह किसी को भी जीवित नहीं छोड़ेगा।" इतना कहकर वह पास के एक पेड़ पर जा चढ़ा।

तभी तीसरे मित्र ने मृत शेर में प्राण फूँक दिए। प्राण पड़ते ही वह शेर अँगड़ाई लेकर उठ खड़ा हुआ और सामने खड़े उन तीनों मित्रों पर झपटा। तीनों जब भागने लगे तो शेर भी उनके पीछे दौड़ने लगा और अंततः तीनों को अपना शिकार बना लिया।

लेकिन चौथा मित्र अपनी बुद्धि के बल पर जीवित बच गया।

योग्यता का महत्त्व

एक बार लोमड़ी के मुँह और पूँछ में विवाद हो गया। पूँछ बोली, "तुम मुद्दत से इस शरीर का नेतृत्व कर रहे हो, लेकिन अब मैं तुम्हारे अधीन नहीं रहूँगी। शरीर का नेतृत्व मैं स्वयं करूँगी।"

मुँह ने उसे बहुत समझाया कि जिसका जो कार्य हो, उसी को शोभा देता है। मेरा काम लोमड़ी के शरीर का नेतृत्व करना है, वह मैं ही कर सकता हूँ। विपदा पड़ने पर मैं इसकी रक्षा भी कर सकता हूँ। तुम में यह गुण नहीं है, क्योंकि तुम्हें दिखाई तो देता ही नहीं है, रक्षा कैसे करोगी?

लेकिन पूँछ नहीं मानी। अगले दिन उसी ने शरीर का नेतृत्व किया। अब मुँह उसकी आज्ञा के अधीन था। पूँछ चलते-चलते पहाड़ से नीचे गिर पड़ी। उसी के साथ मुँह और लोमड़ी का शरीर भी गिर पड़ा। लोमड़ी को बहुत चोट आई।

मुँह तो चूँकि पूँछ के आधीन रहकर कार्यरत था, अतः कुछ नहीं बोला। लेकिन चोट लगने से लोमड़ी कराहने लगी। कुछ दिन वह पीड़ित रही। अगली बार पूँछ एक ऐसे स्थान की ओर बढ़ चली, जहाँ आग लगी हुई थी। उसे दिखाई तो देता नहीं था। वह आग में जलकर भस्म हो गई। उसी के साथ मुँह व शरीर भी जलकर भस्म हो गया।

संगत का फल

एक विशाल वृक्ष पर अनेक पक्षी रहते थे। उसी वृक्ष के नीचे एक बूढ़ा गिद्ध भी रहता था। पक्षी उसे बूढ़ा जानकर कुछ-न-कुछ खाने को दे दिया करते थे। बदले में गिद्ध भी उनके छोटे-छोटे बच्चों की देख-भाल किया करता था। इससे पक्षी बेफिक्र रहते थे।

एक दिन कहीं से एक बिलौटा वहाँ आया। उसने पक्षियों के बच्चों को देखा तो उसके मुँह में पानी भर आया। बिलौटे ने सोचा, ऐसे तो मैं इन्हें नहीं खा सकूँगा, क्यों न गिद्ध से दोस्ती कर ली जाए। वह गिद्ध के पास पहुँचा और दोस्ती का प्रस्ताव रखा। शीघ्र ही दोनों में दोस्ती हो गई। अब तो बिलौटा रोज आता और एक बच्चे को मारकर खा जाता। चूँकि बूढ़े गिद्ध को दिखाई कम देता था, इसलिए वह बिलौटे की कारगुजारी देख नहीं पाता था।

संध्या समय जब पक्षी लौटते तो कोई-न-कोई बच्चा उन्हें गिनती में कम मिलता। पक्षी यही सोचते कि कहीं उड़कर चले गए होंगे या सो गए होंगे।

कुछ दिनों तक ऐसा ही चलता रहा। लेकिन एक दिन बिलौटा सभी पक्षियों को मारकर खा गया और उसकी हड्डियाँ व पंख गिद्ध के पास फेंक गया।

इधर मैना ने जब गिद्ध के पास हड्डियाँ, पंख आदि देखे तो अन्य पक्षियों से बोली, "तुम लोग भले ही न मानो, लेकिन हमारे बच्चों को इस गिद्ध ने ही अपना भोजन बनाया है। देखो, ये हड्डियाँ, पंख आदि गवाही दे रहे हैं।"

फिर क्या था, देखते-ही-देखते सब पक्षियों ने चोंच मार-मारकर बूढ़े गिद्ध को जान से मार डाला। इसलिए कहा गया है-"जल्दबाजी की दोस्ती खतरे से खाली नहीं होती है।"

मूर्खता का फल

गाँव के किनारे एक किसान का घर था। घर के सामने ही उसके खेत थे। खेतों में गेहूँ की पकी फसल खड़ी हुई थी। सभी लोग प्रसन्न थे। इस फसल के भरोसे किसान ने कई मनसूबे पूरे करने का मन बना लिया था।

उसने गाय और बकरी के साथ मुरगियाँ तथा बतखें भी पाल रखी थीं। मुरगियों और बतखों के लिए घर के बाहर ही दड़बे बना रखे थे। दरवाजे पर ही गाय और बकरी बँधी रहती थीं। घर के बाईं ओर एक छोटा सा तालाब था। मुरगियाँ और बतखें तालाब में डोलती रहती थीं, चुगती रहती थीं। बतखें पानी में तैरती भी थीं।

पास में एक जंगल था। उस जंगल की एक लोमड़ी किसान के घर तक चक्कर लगा जाती थी। एक दिन मौका पाकर किसान की एक मुरगी को ले गई। किसान को बड़ा दुःख हुआ। घर के सभी लोग चौकन्ने रहकर मुरगियों और बतखों की देख-रेख करने लगे। लोमड़ी अब और जल्दी-जल्दी चक्कर लगाने लगी। अब वह सुबह के झुटपुटे और दिन डूबने के अँधेरे में चक्कर लगाने लगी। मौका पाते ही कभी बतख को मार जाती और कभी मुरगी को ले जाती।

किसान ने लोमड़ी को पकड़ने और मारने के कई उपाय किए, लेकिन सफल नहीं हो सका। एक दिन उसने जाल फैलाकर लोमड़ी को पकड़

लिया। किसान ने उसे तड़पाकर मारने की सोची। उसने लोमड़ी की पूँछ में फटे-पुराने कपड़ों को लपेटकर मिट्टी का तेल डाला और आग लगा दी।

किसान ने लोमड़ी के गले में रस्सी बाँधकर एक खूँटे से बाँध दिया था। पूँछ में आग लगते ही लोमड़ी उछल-कूद करने लगी। बच्चे हो-हो करके हँसने लगे। कभी-कभी लोमड़ी पीछे हटकर गले से फँदा निकालने की कोशिश करती। उछल-कूद में रस्सी में आग लग गई। रस्सी टूट गई और लोमड़ी निकल भागी।

लोमड़ी ने सबसे पहले पूँछ में लगी आग बुझाने की सोची। वह सामने ही किसान के खेत में घुस गई। वह आग बुझाने के लिए इधर-उधर अपनी पूँछ को पौधों से रगड़ती हुई भागती रही, दौड़ती रही। देखते-ही-देखते सारा खेत धूँ-धूँ कर जलने लगा। खेत आग की लपटों से भर गया।

एक-दो घंटे में ही किसान की लहलहाती फसल जलकर राख हो गई। किसान के घर में मातम छा गया। रात को सोते समय उसे नींद नहीं आ रही थी। वह लेटा-लेटा सोचता रहा-'अपने किए का क्या इलाज'।

सलाह का महत्त्व

जंगल में खार के किनारे एक बबूल का पेड़ था। उसमें लगे पीले फूल महक रहे थे। आसमान में चारों ओर बादल छाए हुए थे। ठंडी-ठंडी हवा चल रही थी। मौसम बड़ा सुहावना था।

इसी बबूल की एक पतली डाल खार में लटकी हुई थी। इसी डाल पर बिलकुल आखिर में बया पक्षी का एक घोंसला था। इस घोंसले पर बया और बयी दोनों झूल रहे थे और मौसम का आनंद ले रहे थे।

बबूल के पास ही सहिजन का पेड़ था, जो हवा के झोंकों से झूम रहा था। बादल तो छाए थे, देखते-ही-देखते बिजली चमकने लगी, बादल गरजने लगे और मोर-मोरनियों के नृत्य व 'पीकाँ-पीकाँ' की आवाज से सारा जंगल गूँज गया। टिटहरियाँ भी आकाश में आवाज करती हुईं उड़ने लगीं। बड़ी-बड़ी बूँदें भी गिरने लगीं और थोड़ी देर में मूसलाधार बरसात होने लगी।

इसी बीच एक बंदर सहिजन के पेड़ पर आकर बैठ गया। उसने पेड़ के पत्तों में छिपकर वर्षा से बचने की बहुत कोशिश की, लेकिन बच नहीं सका। पेड़ पर बैठा-बैठा भीगता रहा। बंदर सोच रहा था कि जल्दी-से-जल्दी वर्षा रुके, लेकिन ठीक उलटा हुआ। ओले गिरने शुरू हो गए। हवा और तेज चलने लगी। सर्दी हो गई। बंदर ठंड से काँपने लगा

और जोर-जोर से किकियाने लगा। वातावरण अजीब सा हो गया। बंदर की इस हालत को देखकर बया पक्षी से रहा नहीं गया और बोला-

"पाकर मानुस जैसी काया, ढूँढ़त घूमो छाया।
चार महीने वर्षा आवै, घर न एक बनाया।।

बंदर ने बया पर तिरछी नजर डाली पर इस बया पर घूरने का कोई असर नहीं पड़ा। बया सोचता था कि बंदर मेरा क्या बिगाड़ेगा। घोंसला इतनी पतली टहनी पर है कि मुझ तक आ पाना उसकी सामर्थ्य के बाहर की बात है। बया ने बंदर को फिर समझाया, "हम तो छोटे जीव हैं, फिर भी घोंसला बनाकर रहते हैं। तुम तो मनुष्य के पूर्वज हो। तुम्हारे वंशज जब घर बनाकर रहते हैं, तो तुम्हें भी कम-से-कम चौमासे के लिए कुछ-न-कुछ बनाकर रहना ही चाहिए। कहीं छप्पर ही डाल लेते।"

बया की इतनी बात सुनते ही बंदर बुरी तरह बिगड़ गया। उसने आव देखा न ताव, उछलकर बबूल के पेड़ पर आ गया। काँटों को बचाते हुए उसने उस पतली टहनी को जोर-जोर से हिलाना शुरू कर दिया, जिस पर बया का घोंसला था। घोंसला उलटा-सीधा होते देखकर वे उड़कर सहिजन के पेड़ पर बैठ गए। बंदर ने टहनी तोड़कर ऊपर खींच ली। घोंसला हाथ में आते ही बंदर ने नोंच-नोंचकर तोड़ डाला और टहनी सहित घोंसले को नीचे फेंक दिया।

नीचे खार में वर्षा का पानी तेजी से बह रहा था। घोंसला और टहनी उसी में बहकर चले गए। बया और बयी, दोनों दुःखी होकर बरसात में

भीगते रहे। उन्हें बड़ा ही खेद हो रहा था।

सामने हरे-भरे और लहलहाते टीले पर एक छोटी सी कुटिया थी। उसके बाहर बैठा एक संत स्वभाव का व्यक्ति माला फेर रहा था। यह सब नाटक वह बड़े ध्यान से देख रहा था। बया और बयी पर उसे तरस आने लगा और उसके मुँह से अचानक निकल पड़ा-

सीख ताको दीजिए, जाको सीख सुहाय।
सीख न दीजे बंदरा, बया का घर जाय।।

अंगूर खट्टे हैं

गाँव से लगा हुआ एक जंगल था। जंगल में जगह-जगह चौरस जमीन थी, जिस पर खेती होती थी, बाग-बगीचे थे। उसी जंगल में एक लोमड़ी रहती थी। एक दिन वह हिरण की तरह चौकड़ी भरती हुई मेंड़ों पर खेतों को पार करती हुई चली जा रही थी। जब वह एक बाग के पास से निकली, तो थोड़ा ठिठकी। वहाँ उसे लगा कि बाग मीठी-मीठी महक आ रही है। थोड़ी देर रुककर वह उस महक का आनंद लेने लगी। लोमड़ी ने आँखें मिचमिचाईं और उस ओर चल पड़ी, जिधर से मीठी महक आ रही थी।

चलते-चलते वह एक पेड़ के नीचे आकर रुक गई। उसने देखा कि पेड़ के चारों ओर अंगूर की लताएँ चढ़ी हुई हैं, और पेड़ की निचली डालियों पर फैली हुई हैं। चारों ओर तेज मीठी सुगंध फैली है। उसने ऊपर देखा तो उसके मुँह में पानी भर आया। लताओं में रस भरे अंगूरों के बहुत से गुच्छे लटक रहे थे। वह ललचाई आँखों से देखती रही।

वह एक ऐसे गुच्छे की तलाश में इधर से उधर घूमती रही, जिसको वह आसानी से तोड़ सके। वह एक गुच्छे के नीचे रुक गई। लोमड़ी ने उस गुच्छे को तोड़ने के लिए एक के बाद एक छलाँग लगाना शुरू कर दिया। गुच्छा ऊँचा था, इसलिए वह तोड़ नहीं पाई। फिर वह थककर बैठ

गई। थोड़ी देर सुस्ताने के बाद भी उसे निराशा हाथ लगी। अंत में वह थककर चूर हो गई। वह समझ गई कि अब अंगूर नहीं मिल पाएँगे। फिर भी वह अंगूरों को लगातार देखे जा रही थी।

वहीं पास के एक झुरमुट की आड़ में एक सियार बैठा था। वह लोमड़ी की उछल-कूद को देख रहा था। लोमड़ी अब बैठी-बैठी अंगूरों को देख रही थी। सियार दबे पाँव निकलकर लोमड़ी के सामने खड़ा हो गया। सियार ने पूछा, "मौसी, क्या बात है?उदास-उदास सी बैठी हो। ऊपर क्या देख रही हो? अंगूर बहुत मीठे हैं। तुम खा चुकी हो क्या?"

लोमड़ी थोड़ा झिझकते हुए बोली, "अरे, तुझे क्या पता। अंगूर खट्टे हैं? तुझे महक से नहीं लगता? मैं तो सुस्ताने के लिए छाया में बैठी हूँ।"

सियार ने लोमड़ी की आँखों में झाँका तो वह सिटपिटा गई और उठकर धीरे-धीरे चलने लगी। सियार मुसकराया और सोचने लगा, 'कितनी देर से तो उछल-कूद कर रही थी। जब अंगूर नहीं तोड़ सकी तो कहती है, अंगूर खट्टे हैं। समझती है, किसी ने कुछ देखा ही नहीं है।'

सियार भी मुसकराता हुआ दूसरी ओर चल दिया।

ईश्वर की कृपा

एक बार एक राजा शिकार खेलने के लिए जंगल में गया। उसके साथ उसका सेनापति तथा कुछ सिपाही थे। शिकार करते समय थोड़ी असावधानी हो गई और राजा की एक उँगली कटते ही राजा थोड़ा ठिठक गया, और इतने में ही शिकार घायल अवस्था में ही निकलकर भाग गया। कुछ सिपाही शिकार के पीछे दौड़े भी, लेकिन राजा को रुकते देखकर वापस आ गए। राजा ने कटी हुई उँगली पर कपड़ा लपेटा। सबने दुःख प्रकट किया। सेनापति ने भी सांत्वना दी और अंत में कहा, "ईश्वर जो करता है, अच्छा ही होता है।"

एक तो शिकार निकल जाने का दुःख था, दूसरा उँगली कट जाने का। इस पर सेनापति के इन शब्दों ने आग में घी डालने का काम किया। राजा की आँखों से गुस्सा बरस पड़ा। राजा बोला, "मेरा हाथ लहूलुहान हो गया। तेज दर्द हो रहा है और तुम जले पर नमक छिड़क रहे हो। चले जाओ मेरी आँखों के सामने से, तुम्हारा मुँह नहीं देखना चाहता मैं।"

वह था तो सेनापति, लेकिन राजा तो राजा ही होता है। फिर भी सेनापति खुद्दार था, उससे अपना अपमान सहा नहीं गया। उसने घोड़े की लगाम को झटका दिया, बैठकर घोड़े के ऐड़ लगाई और दौड़ा दिया घोड़ा।

दूसरे दिन जब दरबार लगा, तो राजा के सिपाहियों ने उसे बंदी बना लिया। बंदीगृह जाते समय भी सेनापति ने राजा से कहा, "ईश्वर जो करता है, अच्छा ही करता है।"

कुछ दिन बाद राजा दोबारा शिकार खेलने गया। घना जंगल था। जंगल में दूर जाकर शेर दिखाई दिया। राजा और उसके सिपाहियों ने उसका पीछा किया तथा व्यूह रचकर आगे बढ़ने लगे। किसी तरह शेर तो निकलकर भाग गया, लेकिन ये लोग पीछा करते-करते तितर-बितर होकर भटक गए। राजा भी जंगल से बाहर निकलने के लिए इधर-उधर भटकता रहा।

अंत में राजा को सामने से भीलों का झुंड आता दिखाई दिया। वे पूजा की बलि के लिए एक आदमी की तलाश में निकले थे। राजा स्वयं ही उनकी गिरफ्त में आ गया था। पास आते ही भीलों ने राजा को चारों ओर से घेर लिया। उनके हाथों में तीर-कमान, भाले और तलवारनुमा तेज धारवाले हथियार थे। सबका निशाना राजा ही था। भीलों ने राजा के हथियार छीन लिये और पकड़कर ले चले। कुछ देर चलकर एक खुले मैदान में पहुँचे। राजा ने देखा कि फूस और बाँस-लकड़ियों की बहुत-सी झोंपड़ियाँ बनी थीं। झोंपड़ियों के बीच में एक चौड़ा मैदान था। मैदान में चबूतरे पर वेदी बनी हुई थी। पूजा हो रही थी। मैदान आदिवासियों से भरा था। राजा को लेकर वे लोग सीधे वेदी के पास पहुँचे। वेदी के पास ही तेज धारवाला हथियार लिये एक भील बैठा था।

यह सब देखकर राजा समझ गया कि भील उसे बलि चढ़ाने के लिए लाए हैं। राजा कुछ कर भी नहीं सकता था, क्योंकि सशस्त्र भीलों से घिरा हुआ था। बलि देने के पहले भीलों ने राजा के हाथ-पैर आदि को ध्यान से देखा। राजा की एक उँगली कटी हुई थी। पुजारी ने कहा, "यह व्यक्ति तो खंडित है, इसलिए बलि के उपयुक्त नहीं है।" अतः भीलों ने राजा को घोड़ा और उसके हथियार देकर हाथ का इशारा करते हुए जाने के लिए कहा। राजा ने उनके बताए हुए रास्ते पर घोड़ा दौड़ा दिया। जंगल में करीब आधा-पौने घंटा चलने के बाद खेत और गाँव नजर आए। रात के समय राजा अकेला महल में पहुँचा।

रातभर राजा को नींद नहीं आई। पूरी रात सेनापति का चेहरा उसके सामने आता रहा और उसके कहे गए शब्द सुनाई पड़ते रहे। वह सोचता रहा कि यदि मेरी उँगली कटी नहीं होती, तो भील मेरी बलि चढ़ा देते। सुबह होते ही राजा बंदीगृह गया और सेनापति को गले लगाया और साथ लेकर आया। राजा ने सेनापति से बातों-बातों में पूछ लिया कि जो बात तुमने मेरी उँगली कटते समय कही थी, वही बात बंदीगृह जाते समय भी कही थी। उँगली कटने से तो मेरी जान बच गई, लेकिन बंदीगृह जाने से तुम्हारा क्या भला हुआ? बंदीगृह जाकर कष्ट ही मिला।" सेनापति बोला, "नहीं राजन्, युद्ध और शिकार में हमेशा मैं छाया की तरह आपके साथ रहता आया हूँ। यदि कल मैं आपके साथ होता तो भीलों द्वारा मैं भी पकड़ा जाता और मेरी बलि चढ़ जाती, क्योंकि मैं कहीं से भी अंग-भंग

नहीं था। इसलिए मुझे बंदीगृह में डालना अच्छा ही रहा।"

राजा शर्मिंदा होते हुए बोला, "तुम ठीक कहते हो, ईश्वर जो कुछ करता है, अच्छा ही करता है।"

टपके का डर

जंगल से करीब एक मील की दूरी पर एक गाँव था। रात के समय गाँव में प्रायः जंगली जानवर घुस आया करते थे और गाँव के बाहरी हिस्से में चौपायों को मार जाते थे। कभी-कभी आदमी भी शिकार होते-होते बच जाते थे।

गाँव के बाहरी इलाके में एक बुढ़िया का परिवार रहता था। उसके मकान के पीछे खाली हिस्से में चौपायों का घेर था। बुढ़िया के कमरे के पीछे चौपायों के लिए छप्पर पड़ा था। इस समय घेर में एक भी चौपाया नहीं था, इसलिए घेर की विशेष देखभाल नहीं की जा रही थी। गाँव का कोई भी पशु उसमें आ जाता था और चला जाता था।

बरसात के दिन थे। रात के करीब दो बजे थे। आकाश में बादल घिरे हुए थे, बरसात होने वाली थी। रह-रहकर बिजली चमक रही थी। थोड़ी देर में बूँदा-बाँदी के बाद बरसात शुरू हो गई। जोर से बादल गरजा, तो बुढ़िया की नींद टूट गई। बुढ़िया के साथ उसका पोता लेटा हुआ था। बुढ़िया उठी, तो वह भी उठकर बैठ गया। बुढ़िया ने बाहर झाँककर देखा तो पानी बरस रहा था। पिछले वर्ष बुढ़िया की छत टपकी थी। इस वर्ष भी वह डर रही थी। अभी बहुत जोर से वर्षा नहीं हुई थी। अपनी दादी को चिंतित देखकर उस लड़के ने कहा, "दादी, इतनी घबराई क्यों हो?"

बुढ़िया ने कहा, "बेटा, पारसाल छत खूब टपकी थी। सोचा था, बरसात के बाद छत पलटवा लेंगे, नहीं पलटवा पाई।" वह बोला, "दादी, टपका से डरती हो?" दादी बोली, "अरे बेटा! तुम क्या जानो? मुझे इतना शेर का डर नहीं, जितना टपके का है।"

पीछे चौपायों के घेर में छप्पर के नीचे शेर बुढ़िया की बातों को सुन रहा था। शेर बुढ़िया के कमरे के ठीक पीछे खड़ा था। कमरे की पटान की कड़ियाँ दीवार के आर-पार थीं। उन्हीं खाली जगहों से आवाज शेर तक पहुँच रही थी। शेर बुढ़िया की बात सुनकर हैरान था कि टपका ऐसा कोई जीव है, जो मुझसे भी अधिक ताकतवर है। अब तक तो मैं अपने को ही सबसे शक्तिशाली जानवर मानता था। शेर शिकार के लिए इधर आया था। बरसात शुरू हो जाने पर उसे यहाँ शरण लेनी पड़ी थी। रिमझिम पानी बरसता रहा और शेर छप्पर में खड़ा-खड़ा टपके के बारे में सोचता रहा।

उसी गाँव के एक धोबी का गधा खो गया था। सुबह पाँच बजे उसे कपड़ों की लादी लेकर घाट पर जाना था, इसलिए धोबी सुबह तीन बजे जगकर गधे को खोजने के लिए निकल पड़ा था। हालाँकि घुप्प अँधेरा था, लेकिन जब-जब बिजली चमकती थी, रास्ता नजर आ जाता था।

खोजते-खोजते धोबी बुढ़िया के चौपायों के घेर के सामने खड़ा होकर इधर-उधर देखने लगा। उसने घेर की ओर भी नजर डाली। जैसे ही बिजली चमकी, उसे छप्पर के नीचे खड़ा गधा नजर आया। शेर दीवार

की ओर मुँह करके खड़ा था। धोबी गया और शेर को गधा समझकर कान पकड़कर दो हाथ पीठ पर जमाए और कहा, "कामचोर कहीं का। यहाँ खड़ा है? तुम्हें कहाँ-कहाँ ढूँढ़ आया।"

शेर ने समझा कि आ गया टपका। जो बुढ़िया बता रही थी, यह वही टपका जान पड़ता है। शेर भीगी बिल्ली की तरह खड़ा रहा। धोबी उछलकर शेर की पीठ पर बैठ गया, आगे गरदन के बाल पकड़े और दो ऐड़ पेट पर लगाईं और कहा, "चलो बेटा!"

शेर दौड़ने लगा। धोबी ने अपने पैर के पंजे शेर के आगे वाले काँख में फँसा लिये, जिससे वह गिरे न। धोबी सावधानी से शेर की पीठ पर बैठा जा रहा था। इसी बीच जोर से बिजली कड़की, बिजली की चमक शेर पर पड़ी, तो शेर के बाल और रंग देखकर धोबी हैरत में पड़ गया। उसने सोचा–यह तो गधा नहीं है, कुछ और ही है। अब कुछ-कुछ दिखाई देने लगा था, फिर भी कोई चीज साफ नजर नहीं आ रही थी। उसने देखा कि सामने के पेड़ की एक मोटी डाल नीची है, उसे थोड़ा उचककर पकड़ा जा सकता है। जैसे ही शेर पेड़ के नीचे से निकला, धोबी ने उचककर डाल पकड़ी और लटक गया।

शेर ने जब अनुभव किया कि पीठ पर अब टपका नहीं है, तो वह पूरी ताकत के साथ जंगल की ओर दौड़ा। शेर दौड़ते हुए सोचता जा रहा था, बुढ़िया ठीक ही कह रही थी कि शेर का डर उतना नहीं, जितना टपके का।

भाग्य का फल

एक दिन मलूकदास को न जाने क्या सूझा कि हठ कर बैठा कि ईश्वर सबको खिलाता है, मैं देखता हूँ, ईश्वर मुझे कैसे खिलाता है? ऐसा सोचकर वह एक जंगल में चला गया। जंगल में उस एक छायादार वृक्ष मिला। मलूकदास उसी वृक्ष के नीचे लेटकर सुस्ताने लगा। थोड़ी देर बाद वह उसी पेड़ पर चढ़कर बैठ गया।

एक आदमी वहाँ आया और उसी पेड़ के नीचे बैठकर सुस्ताने लगा। थोड़ी देर बाद उस व्यक्ति ने पोटली खोली और खाना निकालकर रख लिया। उसने अँगोछा बिछाया और उस पर रोटियाँ, सब्जी आदि सब अलग-अलग करके रखता गया। जैसे ही वह खाना खाने को तैयार हुआ कि उसे घोड़ों की टापों की आवाज सुनाई दी। उस व्यक्ति के पास धन भी था। उसने सोचा कि चोर हुए तो सब धन छीन लेंगे। इसलिए वह अपनी पोटली लेकर तुरंत भाग खड़ा हुआ और झाड़ियों में छिपता हुआ निकल गया।

थोड़ी ही देर में चोरों का गिरोह उस पेड़ के पास से निकला। पेड़ के नीचे खाना रखा हुआ देखकर गिरोह रुक गया। खाना खाने योग्य ताजा था। सरदार ने अपने साथियों से कहा, "लगता है, जरूर कोई जासूस यहाँ आस-पास छिपा है। हम लोगों को पकड़वाने के लिए आया होगा।"

चोरों ने इधर-उधर खोजा, लेकिन किसी को कोई नहीं मिला। एक की नजर पेड़ के ऊपर चली गई। वह चिल्ला उठा, "सरदार, देखो, वो पेड़ पर एक आदमी बैठा है। वह निश्चित रूप से जासूस है। लगता है, इस भोजन में जहर मिला है। यह भोजन नीचे रखकार पेड़ पर बैठ गया है। इसने सोचा होगा कि हम लोग इस जहर मिले भोजन को खाएँगे और मर जाएँगे या बेहोश हो जाएँगे तो यह हमें पकड़वा देगा।"

चोरों ने मलूकदास को जबरन नीचे उतार लिया। मलूकदास ने चोरों से कहा कि मैं कोई जासूस नहीं हूँ। मैं यूँ ही यहाँ आकर बैठ गया था। मैं साधु हूँ। मलूकदास की बात सुनकर सरदार ठहाका मारकर हँसा और बोला, "जासूस भी इसी तरह की वेशभूषा में होते हैं और इसी तरह की बातें करते हैं।"

सरदार ने मलूकदास के सीने पर भाले की नोंक रखते हुए कहा, "इस खाने में जहर नहीं मिला है तो तू इसे खा। अगर नहीं खाया तो जान से मार दूँगा।"

मरता क्या न करता। मलूकदास ने खाना खाना शुरू कर दिया। मलूकदास खाना खाता जा रहा था, सोचता जा रहा था–मैंने तो सोचा था कि आज खाना नहीं खाऊँगा, इसलिए मैं जंगल में चला आया था। सोचा था कि देखते हैं, ईश्वर कैसे मुझे खाना खिलाता है? मेरे न चाहने पर भी मुझे खाना पड़ रहा है। सरदार और सभी बदमाश मलूकदास को खाना खाते देखते रहे। खाना खाकर मलूकदास बोले–

"अजगर करे न चाकरी, पंछी करे न काम।
दास मलूका कह गए, सबके दाता राम।।"

मलूकदास की बात सुनकर चोरों को लगा कि यह तो वाकई में साधु लगता है। जब देखा कि खाना खाकर भी मलूकदास को कुछ नहीं हुआ, तो सभी चोर मलूकदास को प्रणाम करके चले गए।

नाग की पूजा

बिना बताए जब कोई मेहमान आता था, तो बड़ी खुशी होती थी। आए हुए मेहमान का आदर-सत्कार करते थे। जब यह पता रहता था कि अमुक मेहमान अमुक तिथि को आ रहा है, तो प्रसन्नता तो होती थी, लेकिन इतनी नहीं होती थी, जितनी बिना बताए आने वाले मेहमान के आने पर होती थी।

देवता लोग तो न बिना बताए आते थे और न बताकर ही जाते थे, वरना उनके आने पर तो बहुत प्रसन्नता होती। फिर भी एक नाग देवता हैं, जो अधिकतर बिना बताए घरों में आ जाते हैं। किसी के घर में नाग आ जाता था, तो घर के लोग डर के मारे बाहर निकल जाते थे। फिर किसी नाग पकड़ने वाले को बुलाकर लाते थे। घर में आए देवता को पकड़कर जंगल या गाँव से बहुत दूर छुड़वा देते थे। कुछ लोग मिलकर लाठियों से नाग देवता को मार देते थे। कुछ लोग हाथ जोड़ लेते थे और नाग देवता इधर-उधर चले जाते थे।

कहने का मतलब यह है कि घर पर आए हुए नाग को कोई पूजता नहीं था, न कोई दूध पिलाता था, बल्कि उसे मार देते थे या भगा देते थे। जब नाग का पूजन करना होता तो गाँव के बाहर खेत की मेंड़ों पर जाते थे। वहाँ नाग की बाँबियाँ होती थीं, लेकिन नाग नहीं होते थे। वहाँ दूध से

भरे मिट्टी के सकोरे छोड़ आते थे। गाँव के एक बुजुर्ग यह सब देखा करते थे। एक दिन गाँव की औरतें मिलकर 'नाग पंचमी' के दिन गाँव के बाहर बाँबियाँ पूजने जा रही थीं। हाथ में दूध से भरे सकोरे और पके चावल थे। उन्हें देखकर वह बुजुर्ग बोल उठा–

"घर में आया नाग न पूजें, बाँबी पूजन जाएँ।"

उपयोगी अंग

एक समय की बात है, एक बारहसिंगा एक तालाब पर पानी पी रहा था। अभी बारहसिंगे ने एक-दो घूँट पानी ही पीया था कि उसकी दृष्टि तालाब के पानी में दिखाई देते अपने प्रतिबिंब पर पड़ी।

अपने सुंदर सींगों को देखकर वह प्रसन्न हो उठा, "वाह! कितने सुंदर हैं मेरे सींग।"

तभी उसकी नजर अपने पतले पैरों पर पड़ी, ओह! कितने भद्दे हैं मेरे ये पैर? कितना अच्छा होता, यदि मेरे पैर भी मेरे सींगों की भाँति ही सुंदर होते।' यह सोचकर वह निराश हो गया। अचानक उसके चौकन्ने कानों ने शिकारियों के आने की आहट सुनी। खतरा भाँपते ही वह वहाँ से भाग खड़ा हुआ। बहुत जल्दी वह लंबी-लंबी छलाँगें मारता हुआ एक पहाड़ी पर पहुँच गया।

वह पहाड़ी के दूसरी ओर घने जंगल में उतरा और तेजी से दौड़ पड़ा। परंतु हाय रे भाग्य, अभी उसने कुछ ही छलाँगें भरी थीं कि उसके सींग एक घनी झाड़ी की टहनियों में उलझ गए। सींगों के अचानक उलझ जाने के कारण उसे एक तेज झटका सा लगा और उसे रुकना पड़ा। उसकी तलाश में शिकारी भी पहाड़ी पर चढ़कर अब घने जंगल में दाखिल हो रहे थे। उसने पेड़ों की टहनियों में फँसे सींग छुड़ाने के लिए जोर लगाया,

मगर सफलता नहीं मिली। वह बुरी तरह छटपटाने लगा, मगर कोई लाभ न हुआ, बल्कि उसके छटपटाने से झाड़ी को बुरी तरह हिलती देख शिकारी भी उस ओर आकर्षित हुए और उसके बिलकुल करीब आ गए।

बारहसिंगा समझ गया कि मेरा अंत निकट आ गया है। उसने शिकारियों की ओर याचना भरी दृष्टि से देखा। मगर शिकारी क्या जानें दया-भाव एक शिकारी ने तीर चलाया, जो ठीक निशाने पर लगा और बारहसिंगा अधमरा होकर भूमि पर गिर गया। मृत्यु करीब थी। बारहसिंगे ने मरने से पहले सोचा, "मैं अपने पतले पैरों से घृणा करता था, जबकि यही पैर मुझे सुरक्षित यहाँ तक लाए और जिन सींगों पर मुझे इतना अभिमान था, वे ही मेरी मृत्यु का कारण बने। किसी ने ठीक ही कहा है किसी चीज का सुंदर नहीं, उपयोगी होना बेहतर है, यही सोचता-सोचता बारहसिंगा चल बसा।

भेड़िए का बहाना

एक बार की बात है। एक भेड़िया और एक सिंह शिकार की तलाश में साथ-साथ घूम रहे थे। एक प्रकार से भेड़िया शेर का मंत्री बना था।

वह उसकी चापलूसी और जी-हुजूरी में लगा रहता। उसकी यही कोशिश रहती कि शेर प्रसन्न रहे और शिकार करने पर उसे मोटा हिस्सा इनाम में दे।

शेर मूडी था। वह कभी खुश हो जाता, कभी नहीं, मगर एक बात अवश्य थी कि वह भेड़िए की सलाह पर गौर अवश्य करता था। घूमते समय अचानक भेड़िए को भेड़ों के मिमियाने की आवाज सुनाई पड़ी।

"आपने भेड़ों के मिमियाने की आवाज सुनी, महाराज?" भेड़िए ने पूछा, फिर बोला, "आप यहीं ठहरिए। मैं जाकर देखता हूँ और यदि हो सका तो एक मोटी-ताजी भेड़ मारकर आपके भोजन का प्रबंध करता हूँ।"

सिंह बोला, "ठीक है, मगर अधिक समय मत लगाना। मैं भूखा हूँ।"

भेड़िया भेड़ की तलाश में निकल पड़ा।

कुछ सौ गज आगे जाकर वह भेड़-बाड़े के पास जा पहुँचा। मगर यह देखकर भेड़िए का मुँह लटक गया कि भेड़-बाड़े के सभी दरवाजे मजबूती से बंद थे तथा बड़े-बड़े खूँखार कुत्ते भेड़-बाड़े की निगरानी कर

रहे थे। भेड़िया समझ गया कि वहाँ उसकी दाल नहीं गलने वाली। अब वह क्या करे? उसने सोचा कि जान जोखिम में डालने से तो बेहतर है कि लौटकर सिंह से कोई बहाना बना दिया जाए।

यह सोचकर भेड़िया लौट आया और सिंह से बोला, "महाराज, उन भेड़ों का शिकार करना बेकार है। वे बहुत दुबली-पतली और बीमार लगती हैं। उनके शरीर पर जरा भी मांस नहीं है। उन्हें तो उनके हाल पर ही छोड़ देना अच्छा है। जब उनके शरीर पर चरबी चढ़ जाए, तभी उन्हें खाना ठीक रहेगा और वैसे भी मोटी-ताजी भेड़ों को खाकर ही हमारी भूख मिट सकती है।"